大魚讀品
BIG FISH BOOKS

让日常阅读成为砍向我们内心冰封大海的斧头。

美男子与香烟

美男子と煙草

浙江人民出版社

［日］太宰治——著 吴季伦——译

图书在版编目（CIP）数据

美男子与香烟 /（日）太宰治著；吴季伦译. —杭州：浙江人民出版社，2019.12
ISBN 978-7-213-09427-9

Ⅰ. ①美… Ⅱ. ①太… ②吴… Ⅲ. ①短篇小说—小说集—日本—现代 Ⅳ. ①I313.45

中国版本图书馆CIP数据核字（2019）第182953号

美男子与香烟
MEINANZI YU XIANGYAN
（日）太宰治 著 吴季伦 译

出版发行 浙江人民出版社（杭州市体育场路347号 邮编310006）
责任编辑 钱 丛
责任校对 陈 春
封面设计 尚燕平
电脑制版 冉 冉
印 刷 河北鹏润印刷有限公司
开 本 880毫米×1230毫米 1/32
印 张 10.5
字 数 160千字
版 次 2019年12月第1版
印 次 2019年12月第1次印刷
书 号 ISBN 978-7-213-09427-9
定 价 48.00元

目 录

contents

鄙俗[1]

① 原题为“ダス·ゲマイネ”，德文“Das Gemeine”的译音，意指通俗、鄙俗。

一

幻灯

——那时候对我而言，一天天都犹如晚年。

我坠入爱河了。那是从来不曾有过的情感。在那之前，我只急着向对方展示自己的左脸、向对方展现男子气概，当对方犹豫了足足一分钟之后，我开始慌张起来，如一阵风般迅速逃离。然而，那时我的爱意可以说是不顾一切且毫无节制的，对其他事物都漫不经心，连本来应有的明哲保身的原则都无法秉持。没办法，谁让我爱上了——这沙哑的呢喃就是我思想的全部。二十五岁，我的生命从这一刻才开始。我活着。我彻彻底底活着。我是认真的。没办法，谁让我爱上了。可是，对方似乎从一开始就不喜欢我。就正当我想要身体力行被迫殉情那种陈腐的概念时，却遭到毫不留情的拒绝，一切就此戛然而止。对方不知消失在何方了。

朋友们通常叫我佐野次郎左卫门，或是佐野次郎。听起来像是古人的名字。

“佐野次郎……话说回来，还好有这个充满古风的名字，让你多了几分潇洒呢。虽然说，被甩了还能一派潇洒，几乎等于是向人索讨同情……唉，别多想了。”

我永远忘不了马场对我说过的这段话。也因此，在我的记忆里，第一个叫我佐野次郎的就是马场。我和马场是在上野公园里的甜酒铺认识的。就是在邻近清水寺那一家摆着两张红毛毯长凳的小甜酒铺。

我趁课间休息时段，从大学的后门悠闲地逛去公园，途中经常绕到那家甜酒铺。理由是那家店里有个名叫小菊的十七岁女孩。她身形小巧，有一双聪慧而清澈的眼眸，像极了我爱上的那个女人。想和我爱上的那个女人见面需要花点钱，所以阮囊羞涩的时候，我就坐在那家甜酒铺的长凳上慢慢啜饮甜酒，同时欣赏那个名叫小菊的女孩，聊解我的相思之情。今年初春时节，我在这家甜酒铺看到了一个古怪的男人。那天是星期六，一早就是晴空万里的好天气。我听完法国抒情诗的课程，日正当空，我随口一遍又一遍哼着与才上过的法国抒情诗有天壤之别的低俗句子，而且抑扬顿挫全乱了套，“梅花都开了，樱花怎还不开呢？”就这样走进了经常造访的那家甜酒铺。店里已经坐了个客人，把我吓了一跳，因为他的模样实在太奇特了。那名客人的身高和一般人差不多，但身形格外消瘦，穿的黑西装虽是用常见的哔叽布料做的，但是披在上面的外套非常怪异。我不懂那是什么款式，可是第一眼看到就让人联想到席勒[①]的外套。外套是显眼的银灰色，用了大量的天鹅绒面料，还缝缀了许多纽扣，松松垮垮地披在身上。还有，他的相貌也很奇怪。如果同样用第一印象来形容，简直像一只试图变身为舒伯特可惜没能成功的狐狸。特别突出的额头，铁丝边的小眼镜，一头夸张的卷发，尖利的下巴和未剃的胡楂儿。至于皮肤，形容得夸张些，就像黄莺的羽毛那种浊青色，一点儿光泽也没有。只见那位客人盘腿坐在红毛毯长凳的正中央，嫌麻烦似的直接端着一只平时用来

---

① 席勒（Egon Schiele，一八九〇—一九一八），奥地利表现主义画家。

冲碾茶的大茶碗喝着甜酒。天哪，他居然举起一只手不停地招我过去。直觉告诉我，要是犹豫太久，气氛反而会更尴尬，我只好在脸上挤出连自己也不懂其意的微笑，在他那张长凳旁边落了座。

“我今天早上吃了很硬的鱿鱼干……”他故意压低了嗓门，用沙哑的声音说话，“现在右边的臼齿痛得要命。再没有比牙疼更让人难以忍受的了。不过，只要吞颗阿司匹林，一下子就好了。咦，是我招你过来的吗？真抱歉。我呀……”他朝我的脸投来一瞥，嘴角略显笑意。“我没办法认人，眼睛看不见——骗你的，我是普通人。故意装的。那是我的坏习惯。每次遇到陌生人，我总忍不住想装出奇特的模样。有句话叫作茧自缚，老掉牙的话了。这样实在不好，算是一种病。你读文科吗？今年要毕业了吧？”

“不，还有一年才毕业。因为……我重考过一次。”我这样回答他。

“这么说，你是艺术家了？”他没有露出笑容，冷静地喝了一口甜酒。“我在不远处的那所音乐学校前前后后待了八年，迟迟无法毕业，因为我连一次考试都没参加过。一个人的能力居然得通过另一个人测试出来，实在太无礼了！你说是吧？”

“是的。”

“只是随口说说罢了，其实是因为我脑筋不好。我经常像这样坐在这里看着来往的人群从我面前走过，一开始难以忍受这么多人居然没有一个认识我，也没有一个注意我，一想到这里……啊，你用不着每句话都附和。我本来就是站在你的角度说这些话的。不过，现在那种事非但伤不了我，我还觉得痛快，就像枕头底下有清水潺潺流过一样。这不是认命，而是以王侯自居的喜悦。”他仰头喝光了甜酒，突然伸手把那只冲碾茶的茶碗递到我面前。“你看看写在这只茶碗上面的文字——白马骄不行[①]。要是没有写这些字该多好，害我用得难为情。让给你。这是我从浅草的古董店花大钱买来的，寄存在这家店里专供我一个人用。我喜欢你的长相，眼瞳的颜色很深，那是我梦寐以求的眼睛。等我死了以后，这只碗你就拿去用吧。说不定我明天就死了。”

---

① 出自唐朝诗人崔国辅的五言绝句《长乐少年行》："遗却珊瑚鞭，白马骄不行。章台折杨柳，春日路傍情。"

那天以后，我们经常在那家甜酒铺里遇见。马场过了好久仍然没死，不但没死，还胖了一些，泛着青黑的双颊像桃子一般鼓了起来。他说那是因为酒喝多了才变胖的，还小声补充道，像这样变胖，离死期也就不远了。我和他的交情一天比一天好。我大概是因为相信马场的天赋，所以没有离他远远的，反而和他变得很亲密。去年秋末，一个名叫西盖蒂·约瑟夫[①]、生于布达佩斯的小提琴名家来到日本，在日比谷的公会堂举办了三场演奏会，台下的听众稀稀落落的。这位清高孤傲的四十岁天才演奏家愤而投稿《东京朝日新闻》，大骂日本的听众全都长了驴耳朵，但是他骂完以后，还不忘像诗歌的副歌那样用括号加注一句“只有一位年轻人例外”。据说那一阵子乐坛议论纷纷，大家都在猜那位年轻人究竟是谁。

其实，那个人就是马场。马场见过西盖蒂·约瑟夫，两人也有过交谈。就在西盖蒂·约瑟夫结束了日比谷公会堂的第三场备受屈辱的演奏会的那天晚上，马场在银座一家

---

① 西盖蒂·约瑟夫（Szigeti József，一八九二——一九七三），匈牙利小提琴演奏家。

知名的啤酒屋最里面角落的一只盆栽后面，发现了西盖蒂那颗泛红的大秃头。马场不假思索，迈开大步走向那位没能得到应有的评价、刻意装作不在意演奏会的事而面带微笑喝着啤酒的世界名家，并在他隔壁的桌位坐下。那一晚，马场和西盖蒂相谈甚欢，从银座的一丁目到八丁目，举凡较具知名度的咖啡馆[①]每一家都喝遍了，而且都是由西盖蒂·约瑟夫结账的。西盖蒂喝了酒依然举止高尚，黑色的领结系得端正，连那些女侍的一根指头也没碰。“艺术如果没有经过理智的剖析就无法打动人心了。在文学方面，我喜欢安德烈·汽德[②]和托马斯·曼[③]。”西盖蒂说着，落寞地咬着右拇指的指甲。他把“纪德”读成“汽德”了。天色透亮之后，两人在帝国饭店前庭的莲花池畔，彼此贴脸轻握着手匆匆道别，当天西盖蒂于横滨搭上加拿大“皇后号”邮轮启程前往美国，隔天《东京朝日新闻》就刊出那

---

① 当时日本这种咖啡馆不只贩卖咖啡，也贩卖含酒精饮料，以及简单的下酒零嘴及轻食。

② 安德烈·纪德（André Gide，一八六九—一九五一），法国作家，一九四七年诺贝尔文学奖得主。

③ 托马斯·曼（Paul Thomas Mann，一八七五—一九五五），德国作家，一九二九年诺贝尔文学奖得主。

篇标注那个“副歌”的文章了。可是我并不怎么相信马场这桩光荣的事迹，毕竟他在转述时有些难为情地频频眨眼，讲到最后还变得不太高兴。我更纳闷他的外语是否流畅得能与外国人聊到天亮。一旦起了疑心，就越发觉得疑点重重。就连他懂得哪些音乐理论、小提琴的实力到什么程度，又是个什么样的作曲家，这些我一件都不清楚。虽然马场有时候会左手抱着一只乌亮的小提琴盒走在路上，可是琴盒里通常空无一物。他说，他的琴盒本身就是现代的象征——内容空空荡荡。听完他的说明，我甚至怀疑这个人到底有没有摸过小提琴。这就是他的行事作风。先不说我相不相信他的天赋，根本连掂量他斤两的机会都没有，所以，我想他一定还有别的特质吸引我。就像比起小提琴，那只琴盒更令我在意。同样，比起马场的理念和本领，他的风采和诙谐似乎更具魅力。他真的时常以不同的装束出现在我面前。除了各种款式的西装，他有时也穿学生服，或者劳动装，有一回还作硬质腰带配上白布袜的和服装扮，害我在他旁边尴尬得连脸都红了。他轻描淡写地解释，之所以这样时常变换穿着，是因为不想在别人心里留下任何印象。对了，还有一件事我忘了说，马场的老家位于东京[①]市郊的三鹰村下连雀，他天天都从家里到市区来玩。听说他老爸是地主还是什么的，家财万贯，所以他才能这样换穿各种服饰，可以说是地主家少爷的一种奢侈行径——这样一想，他吸引我之处，大概也不是翩翩风采，而是口袋里有钱吧。说来难以启齿，每回和他一起玩乐，付钱的人向来是他，结账时他甚至将我一把推开，坚持由他来。在友情与金钱之间，似乎有一种再微妙不过的交互作用持续进行着。在我眼里，富裕的家境为他增添了几分魅力，这也是不争的事实。说不定马场与我的关系，从一开始就是主人和仆人，我从头到尾都只能被他牵着鼻子走。

哎，话题扯远了。总而言之，那段时间的我如同方才提过的，过着没有自我意志的生活，像金鱼大便一样，金鱼一游动，我也跟在后面飘来晃去。我和马场就在这种虚无缥缈的状态中保持往来。然而，就在八十八夜[②]（奇怪的

① 日本东京都前身为东京府，其东部从一八八九年到一九四三年被称为东京市。
② 自立春起算的第八十八天，通常是每年的五月一日或二日，日本的农家多半选在这天播种。

是，马场似乎对岁时节气格外敏感。他会垂头丧气地说今天是庚申日[1]或者佛灭日[2]，有时嘴里又念念有词地说今天是端午节或是暗闇祭[3]这一类我听不懂的名词）那一天，我跟往常一样在上野公园的那家甜酒铺独自享饮啤酒，陶醉于环绕在我身边的怀孕的母猫、满树新绿的樱木、漫天的落英、毛毛虫等景物所酝酿出的一股暖烘烘的晚春时节特有的成熟风情中，却赫然发现身穿华丽绿色西装的马场坐在我后面。“今天是八十八夜……”他以一贯低沉的嗓音说完，似乎非常不好意思地突然起身，肩膀同时用力甩了一下。“那就来个八十八夜的纪念活动吧！”他笑着下了这个毫无意义的决心，两人于是去了浅草喝酒。那一晚，我对马场产生了一种密不可分的情感，亲昵程度更胜以往。我们在浅草一连喝了五六家酒馆，马场语带不屑地叨叨着普拉葛

---

① 日本有一种庚申信仰，信者在庚申日这天行事有某些禁忌，需遵守规定才能无灾无恙。

② 释迦牟尼佛灭度之日，在日本的历法中属于大凶之日，诸事不宜。

③ 位于东京都府中市的大国魂神社有项祭典，通常在每年的四月三十日至五月六日举行。五月五日傍晚神轿出巡时，沿途人家均需熄灭灯火，在暗夜里迎接神灵的到来。

博士[1]与日本乐坛的纠纷，接着又喃喃自语似的不停解释普拉葛这个男人的伟大之处。我在他冗长的叙述中坐立不安，满脑子只想和我的女人见面。于是，我干脆找马场一起去。我悄悄告诉他，我们去看幻灯吧。马场没听说过幻灯。我开心地对他说："好好好，今天换我当一次前辈！看在八十八夜的分儿上，我带你去开开眼界！"我用玩笑话掩饰自己的害羞，把还在不停咕哝着普拉葛的马场推进汽车，告诉司机快开车！……啊，每个横渡这条大河的刹那，心头总是雀跃不已。幻灯的街区。那个街区有着难以辨识的相似巷弄，一条条宛如蜘蛛网般四通八达，巷弄左右的一间间屋宅壁面，开着一两尺宽的一扇扇小窗，窗里有着笑靥如花的可爱女人。只要踏进这里，肩上的压力就会瞬间消失，人们会扔掉自己的每一张面具，像个成功逃脱的罪犯，优雅地度过安稳的一夜。马场似乎是第一次来这个街区，但并没有大惊小怪，踏着泰然自若的步伐，与我保

① 威尔罕·普拉葛（Wilhelm Plage，一八八八—一九六九），德国驻日外交官。一九三一年，其代表欧洲的著作权管理团体，向日本的广播电台与演奏家要求高额的权利金，使日本乐坛受到极大的震撼，史称"普拉葛旋风"。

持一小段距离，边走边仔细打量巷弄两边每扇小窗后面的一张张女人的面庞。我们走进巷弄，钻出巷弄，拐进巷弄，抵达巷弄之后，我停下脚步，用胳膊肘轻顶了一下马场的侧腰，小声告诉他："我喜欢这个女人……对，从很久以前就爱上她了。"我心仪的女人连眼睛也没眨一下，只将小巧的下唇往左边朝我撇了一下。马场也停了下来，两手垂在身侧只伸长了脖子，细细端详起我的女人来。他看了好半晌，猛然回头扯着喉咙大叫：

"欸，像极了、像极了！"

我这才想起来马场也认得小菊。

"不不不，她哪里比得上小菊！"我顿时僵住，慌乱中随口回了一句，浑身都在使劲出力。

"这种事哪能拿来比较呢！"马场略微发窘地笑着说，旋即不悦地皱起眉头，仿佛在说给自己听似的娓娓道来，"任何事物都想拿来比较是不行的。喜欢比较是愚蠢的行为。"他说着，优哉游哉地迈步而去。第二天早晨，两个人在回程的车里都没有开口说话，那股尴尬的气氛仿佛有人一开口就要打起来一样。直到汽车驶入浅草的车水马龙之中，我们总算恢复了平时的自在，马场这才严肃地说道：

“昨晚那个女人对我说：‘我们的生活才不像旁人以为的那么轻松呢！’”

我努力装出了夸张的笑声。马场一反常态，只露出了爽朗的笑容，拍了拍我的肩说道：

“那里是日本最了不起的街区！人人都抬头挺胸过日子，毫不自卑，真让我惊讶。她们每天都过得很充实。”

从那天起，我把马场视为亲人，对他十分依赖，甚至觉得他是我有生以来第一个朋友。可是，就在交到朋友的同时，我却失去了情人。那个女人离开我的经过实在让我太难堪了，我根本说不出口。但也因为这件事，一些人拿我当作谈资，最后还给我取了佐野次郎这个无聊的名字。事隔多时，我现在已经能够用平静的语调重提往事了，然而她刚走的时候，我打算一死了之。这可不是玩笑话。我沉迷于幻灯街区无法自拔，眼看着就要沦为废人。我完全不懂一个人为什么非活下去不可。不久，学校放了暑假，我回到距离东京两百里、位于本州岛最北端山间的老家，日复一日，我躺在院子里那棵栗树底下的藤椅上，天天抽掉七十支烟，浑浑噩噩度日。马场寄了一封信给我。

佐野次郎左卫门敬启

为了我，你能不能先别急着寻死？要是你自杀了，我会自恋地认为，你是为了让我心里不好受而故意这么做。如果你觉得这样也无所谓，那就去死吧。我过去……不，现在也一样，对于活下去这件事并没有什么兴趣。但是我不会自杀，因为我不想给别人一个得以自恋的借口。我一直等待着疾病和灾厄。可是到目前为止，我的疾病只有牙痛和痔疮而已，大概不至于丧命。至于灾厄，同样迟迟等不到。我整夜敞开房间的窗户，等候盗贼入侵，期待自己能死在盗贼的手里，可惜从窗口溜进来的只有飞蛾、白蚁和独角仙，以及蚊子的百万大军。（想必这时你会说：唉，和我一模一样！）听我说，要不要和我一起办杂志？我想靠出版把债务全部还清，然后倒头呼呼大睡三天三夜。所谓的债务，就是我这具悬在半空中的躯体。我的胸口开了一个名为债务的黑漆漆的大洞。或许办了杂志以后，这个无底洞会变得更深，如果真的那样也没关系。总之，我想帮自己找个完美下台的名目。杂志名称是《海盗》。具体的细节，我想和你商量过后再决定。若是按照我的规划，我想出版外销杂志，出口地点就定法国好了。我记得你的外语能力相当不错，你就负责把我们写好的稿子翻译成法文吧。我们寄一本给安德烈·纪德，请他给个评论。对了，我们可以和瓦乐希[1]直接辩论。我们让那个快要睡着的普鲁斯特来个方寸大乱吧（想必这时你会说：很遗憾，普鲁斯特已经死了）。好消息是，谷克多[2]还活着。唉，如果哈狄格[3]还活着就好了。我看，也寄给德科布拉[4]大师让他开开心吧，可怜的他。

这样的幻想不是很愉快吗？而且付诸实践也没什么困难（越写越词穷。书信是一种特殊的文体，想来真奇怪，它既不是叙述，也不是对话，更不是描写，而是独树一格的可怕文体。唉，我说了些蠢话）。根据我昨晚熬夜计算的结果，三百元就可以完成一本出色的杂志。这点小数目，应该

---

① 保尔·瓦雷里（Paul Valéry，一八七一——一九四五），法国诗人、作家，法兰西学术院院士。此处马场把“瓦雷里”读作了“瓦乐希”下文“哈狄格”同。

② 让·谷克多（Jean Cocteau，一八八九——一九六三），法国诗人、小说家、剧作家。

③ 雷蒙·拉迪盖（Raymond Radiguet，一九〇三——一九二三），法国诗人、小说家。

④ 莫里斯·德科布拉（Maurice Dekobra，一八八五——一九七三），法国大众小说作家、记者。

凭我一个人就能筹得到，你只要写些诗给保尔·福尔[①]看就行了。我目前正在构思一首名为《海盗之歌》的四乐章交响曲，完成之后就可以发表在这本杂志上，一定要让拉威尔[②]甘拜下风。我再说一次，付诸实践并不困难，只要有钱就办得到，其他还有什么无法实现的理由吗？你不妨也试一试让心里充满如此灿烂的幻想吧！（不知道为什么，书信的结尾非得祝福对方身体健康不可。这世上流传着一则奇谈：有个男人头脑笨、文笔差、不善言谈，唯独信文写得特别好！）问一下，我的信算是写得好，还是写得差呢？再见。

说个题外话。忽然想到，就顺便写在这里了。这是个老问题了，“知道，是一种幸福吗？”

马场数马

---

① 保尔·福尔（Paul Fort，一八七二——一九六〇），法国诗人。

② 约瑟夫-莫里斯·拉威尔（Joseph-Maurice Ravel，一八七五——一九三七），法国作曲家、钢琴家。

二

海盗

——看过那不勒斯就可以去死了！[①]

我问马场，“Pirate”这个词好像有另一个意思，是指著作的剽窃者，用它当作杂志名称没关系吗？马场立刻回答，这样才更有意思呀！Le Pirate——杂志的名称就先定下是这个了。包括马拉美[②]和魏尔伦[③]所参与的*La Basoche*，维

① 意大利俗谚，意思是那不勒斯是世上最美丽而繁华的地方，造访过那里之后，其他地方就不值一看，也就不必活下去了。
② 斯特芳·马拉美（Stéphane Mallarmé，一八四二——一八九八），法国诗人、文学评论家。
③ 保尔·魏尔伦（Paul Verlaine，一八四四——一八九六），法国诗人。

尔哈伦[1]那一派的*La Jeune Belgique*，其他还有*La Semaine*和*Le Type*，无一不是在异国的文艺界盛绽的火红玫瑰，这些都是往昔的年轻艺术家向世界发声的机关杂志。啊，我们也即将向他们看齐！暑假结束，我急忙赶往东京，马场的这股海盗狂热越发旺盛，我也受到了感染，两个人一见面总是兴奋地谈论着关于*Le Pirate*的绚烂幻想……不对不对，是具体的计划。我们决定一年分别在春夏秋冬四季各发行一次，菊倍版[2]六十页，整本都用美术纸。杂志的成员每人发一件海盗的制服，胸前必须佩戴当季的花卉。至于成员互喊的口号，例如：永不发誓。何谓幸福？切勿审判。看过那不勒斯就可以去死了！……我们的伙伴必须是二十至三十岁的俊美青年，具有一技之长。我们要向*The Yellow Book*[3]借镜，找出一个足以媲美比亚兹莱[4]的天才

---

① 埃米勒·维尔哈伦（Émile Verhaeren，一八五五—一九一六），比利时法语诗人、剧作家。

② 日本杂志常用的版面尺寸，长三〇四毫米、宽二一八毫米，或者长三〇四毫米、宽二二七毫米。

③ 英国当时的文艺杂志。

④ 奥伯利·比亚兹莱（Aubrey Beardsley，一八七二—一八九八），英国插画艺术家。

画家，把杂志里的插画都交给他。无须仰赖国际文化振兴会之类的组织，全凭我们自己的力量向外国宣扬我们的艺术。至于资金，预定由马场负责两百元，我负责一百元，其他伙伴共同出资两百元左右。至于志同道合的伙伴……马场想介绍我认识一位东京美术学校的学生，名叫佐竹六郎，和马场有亲戚关系。见面那天，我依照和马场约好的时间，于下午四点左右来到上野公园那家有小菊在的甜酒铺，马场已经穿着维新风格的藏青底碎白纹的单层和服搭配小仓面料裙裤，坐在铺着红毛毯的长凳上等我了。只见腰系大红麻叶花样腰带、头插白花发簪的小菊端着送茶的漆盘，蹲在马场的脚边抬头望着他的脸，一动也不动。马场泛青的黝黑面庞，在淡淡的夕照下映得明亮，向晚的雾霭迷蒙地笼罩着他们两人，形成一幅有些诡异的景象，透着狐狸似的鬼魅气息。我走近马场，打了个招呼，小菊轻声惊呼，跳了起来，扭头露出皓齿笑着向我问候，那圆润的面颊却越来越红。我有些慌张地脱口问了句："是不是打扰到你们了？"小菊骤然脸色大变，以惊讶的眼神瞪着我，旋即拿托盘遮住脸，转身冲进店里，那一连串的动作犹如一个傀儡戏偶似的。我莫名其妙地目送她的背影离去，在长凳上坐下来。马场露出讳莫如深的笑容，说道：“那姑娘竟然信以为真。她那天真无邪的模样，看起来真不错哪！”

那只碗底有着“白马骄不行”字样的碾茶茶碗，马场大概也觉得不太好意思，老早就不用了，现在和一般客人一样，用的是店里的青瓷茶碗。他啜了一口粗茶，说道：“她看我一脸的胡子，问我，几天没剃才变这么长？我一本正经告诉她，两天没剃就长这样了，还要她盯着仔细看，光凭肉眼就可以看见胡须正在生长的样子，没想到她当真蹲了下来，一双眼睛瞪得和盘子一样大，一语不发直盯着我的下巴瞧，吓了我一跳呢。你说，她是因为无知而相信，还是因为聪明才相信的呢？不如以‘相信’为题，写篇小说好了。A 信任 B，接着是 C 和 D 和 E 和 F 和 G 和 H 以及许多其他人物陆续登场，使出各种花招试图中伤 B，然后呢，A 依然信任 B，没有起疑心，始终深信不疑，全盘信任。A 是女的，B 是男的。这篇小说真无聊，哈哈哈。”他比平时来得兴奋。我觉得必须尽快让他知道，自己只是听他说话，完全无意揣测他的内心，于是我装作心不在焉地望着前方西乡隆盛的铜像，尽量以别无他意的语气对他说：

“那部小说听起来挺有意思的，不妨写写看吧？”

马场看起来松了一口气，老练地立刻恢复了往常满脸不高兴的模样。

“问题是……我不会写小说。你应该喜欢怪谈吧？”

“嗯，喜欢呀。我觉得怪谈比其他文体更能激发出我的想象力。”

“那你听听这种怪谈吧。”马场舔了舔下唇，继续说道，“世上确实存在所谓理性的极限，那是令人毛骨悚然的无间地狱，即使只是稍微窥看一眼，也会惊骇得连一句话都说不出来，就算提起笔来，也只能在稿纸的角落胡乱涂鸦自画像，连一个字都写不出来。然而，曾经目睹过无间地狱的那个人，还是暗中构思着要写出全世界最恐怖的小说。当他脑海里出现了这样的构思时，世界上的所有小说立刻相形见绌，全都变得黯淡乏味。那真的是一部极其可怕的小说。打个比方，人们在决定帽子在头上的位置时，戴得太后面觉得不太好，戴得太前面也觉得不对劲，干脆脱下来又更古怪了，这时，必须为这过剩的自我意识寻求一种统整的方法，而这部小说恰恰能够如同一枚摆在棋盘上的棋子一样，提供爽快的解决之道。可是，这真的称得上是爽快的解决之道吗？非也。那是一种平静无风，如同精密的雕花玻璃，又似白皙骨骸一般，利落明快的解决之道。不对，这样讲也不对，应该是不具任何形容词，全然纯粹的'解决之道'。世上确实有那样的小说。只是那个人自从构思这部小说的那一天起，就开始日渐消瘦，到头来不是发疯就是自杀，再不就是成了哑巴。你说，哈狄格不也是自杀身亡的吗？听说谷克多天天只晓得抽鸦片，几乎疯了。还有，瓦乐希也有整整十年的岁月是个哑巴。甚至在日本，也有一个时期出现了许多悲惨的牺牲者。这一切的呕心沥血，只为了成就一部小说。其实——"

"喂！我来喽！"一个干涩的叫声打断了马场的故事。我吃了一惊，回头一看，不知道什么时候，马场的右边站着一个身穿藏青色制服、身材相当矮小的年轻男子。

"怎么这么晚来！"马场语带怒气地说道，"我告诉你，这个东京帝大的学生就是佐野次郎左卫门。……这家伙名叫佐竹六郎，就是那个画画的。"

佐竹和我同样面露苦笑，彼此交换了眼神当作寒暄。佐竹的脸上找不到一条皱纹、一个毛孔，宛如一张研磨得光洁发亮的能剧[1]面具。他的眼神飘忽，眼珠像是玻璃球，鼻子如同象牙雕刻品那般白冷，鼻梁就和刀剑一样尖利，眉毛宛若柳叶似的细长，薄唇仿佛草莓一般红艳。相较于那华丽的容貌，他的四肢简直纤细得令人咋舌，身高还不到五尺，瘦小的手掌使人联想到蜥蜴的脚掌。佐竹站着没有坐下，用他那如老人似的有气无力的声音，嘟嘟囔囔地对我说："你的事马场告诉过我了，真可怜哪。实在不容易呢。"我大为光火，再次打量佐竹那一张白得刺眼的面庞。那张脸像个盒子一样，没有任何表情。

马场用力"啧"了一声："喂，佐竹，别调侃他了。满不在乎地调侃别人，是一种卑劣的表现，还不如开口骂人来得磊落。"

"我才没有调侃他的意思呢。"佐竹平心静气地回答，然后从胸前的口袋里掏出紫色的手帕，开始慢吞吞地擦起脖子上的汗水。

"唉——"马场叹了一声，躺倒在长凳上，"你每句话

① 当今日本最主要的传统戏剧，主要以日本传统文学作品为脚本，在表演形式上辅以面具、服装、道具和舞蹈组成。

的最后不加上‘呢’‘哪’之类的就不会讲话了吗？拜托不要再用那些句尾感叹词了，那感觉简直像皮肤上粘着东西甩不掉似的，听得我实在受不了。”我的感受和马场一样。

佐竹把手帕仔细叠妥，收进胸前的口袋，仿佛事不关己地嘀咕：“你下一句是不是要嫌我这张脸长得像朵牵牛花似的？”

马场倏然起身，声音有些激动：“我可不想在这里和你吵架！反正我们的话里都对某个第三者意有所指，不是吗？”照这样听来，他们两人之间存在着我不知道的内情。

佐竹咧嘴一笑，露出如陶瓷般白皙的牙齿：“这里已经没我的事了吧？”

“没错！”马场故意看向旁边，又更加刻意地打了个小哈欠。

“那我失陪喽。”佐竹喃喃说道，朝着镶金边的手表盯看良久，宛如在寻思着什么。“我要到日比谷去听新响①了哟！近卫②现在越来越懂得做生意了，每回去音乐会，我

---

① “新交响乐团”的简称，一九二六年创立，一九五一年接受日本放送协会（NHK）的赞助，改名为 NHK 交响乐团。
② 新交响乐团的创办人暨第一代指挥家近卫秀麿。

的邻座总是坐着外国的小姐。这可是我这阵子的嗜好呢！”说完，他像只老鼠般，一溜小跑离开了。

“啧！小菊，送上啤酒来！你喜欢的美男子走掉啦！佐野次郎，要不要来一杯？真不晓得我为何要找这个气人的家伙和我们合作。那家伙像个海葵似的，吵起架来绝对赢不了他。他根本用不着回击，只要软黏黏地缠住我挥过去的拳头就行。”讲到这里，马场忽然一脸正色，压低音量说道，“那家伙居然满不在乎地握过小菊的手。像他那种恶劣的男人，想必也很容易染指别人的妻子。不过，我怀疑他有阳痿的毛病。欸，他虽是我的亲戚，但绝对没有血缘关系。我不想和他在小菊面前起口角，我最讨厌和别人争执了。老实说，每次想到佐竹那高傲的自尊，总会让我冷汗直流。”他握着啤酒杯，长叹一声。“话说回来，那家伙的画作，倒是不得不令我佩服。”

随着夜色逐渐昏暗，上野广小路的各色灯光依次亮起，映在往来繁忙的人潮上。我出神地俯望这幅杂沓的景象。这时，马场嗫嗫地说了一句，沉浸在来自千里之外的无谓感伤之中——单单一句“这就是东京啊……”所带来的无尽的感伤。

五六天后，我从报上看到上野动物园买了一对貘，突然很想去开个眼界，于是放学后就去了动物园。结果在水鸟的伞形大铁笼附近，看到了坐在长凳上的佐竹，正在写生簿上画些什么。我不得已，只好走过去轻轻拍了拍他的肩膀。

“哦……”他咕哝一声，缓缓扭头看向我，“是你啊，吓了我一跳呢。坐这里吧。我正急着赶完这项工作，稍微等一下，我有话对你说。”他的语气格外冷淡，说完后拿起铅笔，继续专心素描。我站在佐竹后面犹豫了半晌，最后决定在长凳上坐下，从旁边瞄了几眼他的写生簿。佐竹似乎立刻察觉到我的偷窥。“我在画鹈鹕。”他低声告诉我，同时以极为粗暴的线条飞快地勾勒出鹈鹕的外貌。“有人愿意以每张二十元的价钱收购我的素描，不管我画几张，他全都买下。”他得意地咧嘴而笑。

“我不喜欢像马场那样满口谎话。他告诉过你《荒城之月》[①]那件事了吗？”

“《荒城之月》？”我不懂他在说什么。

---

① 知名日本民谣，泷廉太郎作曲，土井晚翠作词。

“这样看来，他还没说。”佐竹继续在图纸的角落画出一只看向后方的鹈鹕。

“马场以前用‘泷廉太郎’的化名，作了《荒城之月》这首曲子，后来以三千元的价格，把一切权利卖给了山田耕筰。”

“你说的是那首知名的《荒城之月》吗？”我的胸口一阵兴奋。

“他骗人的。”一阵风吹来，掀卷起写生簿的图纸，我隐约瞥见了裸女以及花卉的草图。“马场是出了名的吹牛大王，而且说得天衣无缝，每个人一开始都会上他的当。西盖蒂·约瑟夫的事你听过了吗？”

“那个听过了。”我觉得很难过。

“就是那篇附上副歌的文章，对吧？”他没好气地说着，将写生簿啪的一声合上。“久等了，我们散散步吧，我有些话想告诉你。”

今天想必没机会看公貘和母貘了，不如听一听这个比貘更加新奇的佐竹要说些什么吧。我们走过水鸟的伞形大铁笼，经过海狗的水槽，就在通过宛如小山般庞大的棕熊的笼子前的时候，佐竹开口了。他的口吻仿佛之前已经背诵得滚瓜烂熟，如果转换成文字，应该会成为一篇慷慨激昂的文章，然而事实上，他只是用一贯干涩阴郁的低音，流畅地叙述出来而已。

“马场根本一无是处。天底下哪有不懂音乐的音乐家？我从没听他谈过音乐，也没看他拉过小提琴。作曲？我怀疑他根本看不懂五线谱上的豆芽菜呢。马场的父母为这个不成材的儿子不晓得掉了多少泪，连他到底有没有进音乐学校读书都没人清楚。他曾经为了当上小说家而努力了好一阵子，结果听说由于看了太多书，反而什么也写不出来，真荒唐。近来他又学到了‘自我意识过剩’这个新名词，不怕丢脸地成天把这句话挂在嘴上，见人就拿出来卖弄一番。我不懂得用那些艰涩的词汇来解释，但是所谓的自我意识过剩，举例来说，就像有几百个女学生夹道排成长长的队伍，而自己恰巧经过那一段路，原本毫不在意地走在路中间，走着走着，举手投足渐渐变得不自然，视线也不知道该往哪里看才好，结果弄得自己晕头转向。大概就是这种感觉吧。假如我想得没错，那么所谓的自我意识过剩，可以说是一种撕心裂肺的痛苦，自然不可能像马场那样成天拿来讲得天花乱坠……更重要的是，他竟然信心满满地说什么要办杂志，未免太奇怪了！海盗？什么海盗嘛！真亏他想得出来。我告诉你，要是把马场的每句话都当真，以后一定会懊悔万分的。你不妨记住我这句预言。我的预言相当灵验哟！”

“可是……”

“可是？”

“我相信马场。”

“哦，这样啊。”对我这句肺腑之言，佐竹听过就算，脸色毫无改变。“这次说要办杂志，我从头到尾就没有信过他。要我出五十元？笑死人了。他只是想胡闹一场罢了，连一丝一毫的诚意也没有。你或许还不知道，马场和我，还有马场他音乐学校的某位学长介绍认识的一个好像名叫太宰治的年轻作家，三个人后天要去你住的地方哟！他说要在你那里把杂志的最终计划定案；……你觉得怎么样？要不要我们两个到时候尽量装出没兴趣的样子，在讨论的过程中不断泼冷水呢？就算杂志办得再好，这个社会也不会为我们喝彩。即使做得再怎么成功，肯定也会半途而废的。当不成比亚兹莱也无所谓，我要的只是拼命画图，高价卖出，拿钱去玩。这样就够了。”

佐竹说完的时候，我们正好走到山猫的笼子前面。山猫蓝色的眼睛冷光闪烁，弓起背脊注视着我们。佐竹慢慢伸手，把抽到一半的烟头摁在山猫的鼻子上。他神态自若，不动如山。

三

登龙门

——过了这里，海螺每个两钱哪！

“听起来……这杂志未免太异想天开了。”

“你过虑了，就是一般的小册子而已。”

“就知道你会这样说。我已经听过不少关于你的传闻了，对你清楚得很。听说这本杂志的目标是打倒纪德和瓦雷里，对吧？”

“你是特地来奚落我的吗？”

就在我下一趟楼的短暂时间里，马场和太宰似乎已经争辩起来了。我端了茶具上楼，一进门就看到在屋子一隅的马场坐相不雅，支着面颊的胳膊肘杵在桌上，而那个名叫太宰的男人则在马场的斜对角，倚墙而坐，两条布满细长腿毛的小腿伸向前方，两个人都半眯着仿佛带着困意的眼睛，费力且缓慢地交谈，然而如蛇芯般频频喷吐的熊熊火舌，不时从他们的眼角与字里行间窜冒而出，足以瞥见潜藏在其腹内的愤恨怒气与腾腾杀意，连我都能立刻感觉到充斥在屋里的那股剑拔弩张。佐竹伸直了身子躺在太宰旁边，嘴里叼着烟，百无聊赖地不停四下打量。事情从一开始就不顺利了。这天早上，我还没睡醒，马场就闯进了我的住处。今天他规规矩矩地穿着制服，再罩上一件宽大的黄色雨衣。他没脱下那件被淋得湿漉漉的雨衣，就这样在屋里兜来转去，一边走还一边自言自语似的发牢骚：

“喂喂喂，快起来！我似乎神经非常衰弱。雨下得这么大，待会儿我一定会发疯的。光是想象《海盗》的事就已经让我瘦下一大圈了。喂，快起来！不久前我遇到了一个名叫太宰治的人，是学校的学长介绍我认识的，说他小说写得非常好——凡事讲究命中注定，所以我已经让他加入我们了。你听我说，太宰这个家伙根本让人讨厌到了极点！没错！他是个不折不扣惹人厌的家伙，使人产生嫌恶的情绪。我和那种人在生理上相互排斥。他顶着光头，而且还是一颗颇有深意的光头。糟糕的品位。错不了！绝对错不了！那家伙全身上下的样貌，一定都来自他本人的品位。不晓得小说家是不是都像他那个样子，把思想和探究以及热忱什么的全都抛到脑后了，根本就是个彻头彻尾的通俗作家。瞧他那张黝黑泛光的大油脸，还有那只鼻子——告诉你，我在雷尼埃[①]的小说里看过那种鼻子哟！那是极端危险的鼻子，还好鼻翼两边深深的皱纹帮忙撑住，否则那颗蒜头鼻险些就要掉下去了。雷尼埃的描写实在活灵活现！他的眉毛粗短浓黑又茂密，几乎把那两只胆怯畏缩的小眼睛遮住了。额头极窄，明显地刻着两道抬头纹，难看得很。他脖子粗，发根厚重，还被我发现下巴有三处红肿的痘疤。依我目测，他身高五尺七寸[②]，体重十五贯[③]，鞋长十一文[④]，年纪绝对还不到三十。哦，我忘了说一件重要的事，他驼背很厉害，就和佝偻病一模一样。……

① 亨利·德·雷尼埃（Henri de Régnier，一八六四——一九三六），法国象征主义诗人、小说家。
② 约为一七〇厘米。
③ 约为五十六千克。
④ 约为二十六厘米。

你不妨闭上眼睛，想象一下那种男人的长相。不过，那些都是骗人的，全是假的。他是骗子，这一切都是装出来的，绝对错不了。从头到脚都是装给别人看的，骗不过我的眼睛。瞧瞧那满脸颓废的胡楂。不可能，那家伙怎么会懒得剃胡子呢？无论在什么情况下都不可能，那是他刻意蓄留的。哎，我到底在说谁啊！你看，如果没有经过我像这样一项一项仔细描述，那家伙根本连动一动手指、轻咳一声都没办法，麻烦死了！那家伙真实的面貌是没有眼睛、没有嘴巴，也没有眉毛的无脸妖怪，得由我帮他画上眉毛、贴上眼睛和鼻子，他才能摆出一副若无其事的神情，那甚至还是他的招牌表情呢，啧！我第一次看到他的时候，那感觉简直就像被蒟蒻般的舌头舔到脸一样。仔细想想，我们找来的个个都是怪人呢——佐竹、太宰、佐野次郎、马场，哈哈哈，这四个人就算一句话也不说，单是并肩而立，这样的阵容已经足以名留青史了。对！我一定要做！凡事讲究命中注定，就算和讨厌的伙伴合作，不也别有一番乐趣吗？我要把这一整年的生命、一切命运，全部赌在 *Le Pirate* 上！看我究竟会沦为乞丐，还是会成为拜伦。请神赐予我五便士。佐竹的阴谋什么的，统统去吃屎吧！”说到这里，马场的话音一沉，“喂，起来嘛，去把窗户打开。大家等一下就到了。我今天打算在这里讨论《海盗》的事。”

马场的兴奋感染了我，我踢开棉被起身，和马场一起合力推开了有些腐朽的挡雨窗。本乡的街头，家家户户的屋顶都笼罩在雨雾之中。

中午时分，佐竹来了。他没披雨衣，也没戴帽子，只穿着天鹅绒长裤和水蓝色的毛夹克，满脸都是雨水，两颊泛着如月光般的奇妙蓝光。这只萤火虫连声招呼也没打，仿佛融化了一样瘫软在房间一角。

“饶了我吧，我快累死了。”

我心里暗叫一声糟糕。因为他的样貌，和我根据马场的形容所想象出来的好与坏的两种影像之中，与坏的那一种影像完全贴合，分毫不差。更糟的是，太宰这时的衣着，恰恰是马场向来最忌讳的服装——华丽的大岛碎白花纹的加衬和服，系着整条绞染的棉料腰带，头戴粗格纹的鸭舌帽，淡黄色的平织丝绢长衬衣下摆露出一小截，能隐约看到上面被雨水喷溅的湿痕。他略微提起衣摆坐了下来，故意望向窗外。

“外头下着雨。”他的声音像女人的声音那样又细又尖，说完以后回头朝着我们挤出一脸笑容，那双混浊泛红的眼睛眯成了细线。我奔出房间去楼下端茶。等我拿着茶具和铁水壶回到屋里时，马场和太宰已经发生争执了。

太宰手指交扣，抵在那颗光溜溜的后脑勺上：“好听的话谁都会说。问题是你真有决心要做吗？”

“做什么？”

“办杂志啊。若是有心要做，我也可以奉陪。”

“你到底为何而来？”

“不晓得啊……吾乃乘风而来。”

“话说在前面，我不想听到神谕、警语、戏谑，也不想看到你那种轻浮的笑容。”

“那么，我倒想请问，你为什么要把我找来这里？”

“你不是只要有人找，就一定会来吗？”

“这话倒是没错。我告诉自己，既然答应了，就非去不可。”

“你认为那是人类理所当然必须遵循的首要原则，对吧？”

“随你怎么想。”

“看来，你已经掌握说话艺术的窍门了？要是我对你说：‘在怄气吗？是是是，都怪我不好，平白找你来合办杂志！’想必你会立刻赏我一拳。真受不了。”

“彼此彼此，你和我都一样，打从一开始就互相出拳攻击，既非只有一方出拳，也不是只有一方受到攻击。”

“你的意思听起来像是：‘我就站在你面前，下体悬着大阴囊——来吧，我倒要瞧瞧你打算怎么处理这玩意儿？’……真让人为难。”

“也许这样说不太客气，但你的话简直牛头不对马嘴。真不懂你的脑子里到底在想些什么……我总觉得你们只读过艺术家的传记，却对艺术家的工作内容一无所悉。”

“这是指责吗？还是在发表你的研究成果呢？该不会这就是你得出的结论，然后要我们帮你打分数吧？”

“……这叫中伤。”

“那么我告诉你，所谓的牛头不对马嘴就是我的个人特质，世间罕见的个人特质！”

“最典型的牛头不对马嘴。”

“怀疑论出现破绽了。唉，别再讲下去了，我不喜欢像这样说相声似的你一言我一语。”

“你大概不懂自己亲笔写就的作品出版上市之后，遭到恶言抨击的那种哀伤，也不了解去稻荷神社参拜完狐神之后的那种空虚。你们现在只不过才刚刚通过神社的第一座鸟居[①]而已。”

“啧，神谕又来了！……我虽没读过你的小说，若是把抒情、机智、诙谐、讽喻和架势等全部摒除殆尽，我相信你写出来的只不过是空荡乏味的低级幽默小说罢了。我从你身上感受不到意志，只感觉到世故；我从你身上感受不到艺术家的气质，只感觉到人类的五脏六腑。”

“这些我都懂。问题是，我必须想办法存活。我甚至觉得，向人低声下气央托，也堪称是艺术家的一件作品。我目前在思考所谓的处世之道。我写小说并不是为了兴趣。如果我过着优渥的生活，把写小说当成消遣，那么我根本连一个字都不愿意写。虽然我明白自己只要提起笔来，就能写出相当不错的文章。可是在提笔之前，我会考虑现在要下笔的东西，究竟值不值得自己耗费心力去完成？经过各个角度的思考，发现似乎有点小题大做，没有必要提笔

---

① 鸟居，神社的牌坊，是神域与人域的分界。

写下，罢了罢了。结果到最后，什么也没写。”

“既然你抱着这样的心态，为什么还说要和我们一起办杂志？”

“这回你的研究对象换成我了吗？我答应的理由是想要发泄怒气。随便什么地方都好，只要能让我放声呐喊就可以。”

“啊，我明白你的意思。也就是说，你想手握盾牌，摆出一代豪杰的架势。问题是……哎，连转头亮相的机会都没有。”

“你真了解我。我到现在还没有自己的盾牌，都是向别人借来的。即使盾牌再破旧，还是有个自己专用的，心里才踏实。”

“当然有！”我忍不住插嘴说道，“赝品！”

“正是。佐野次郎，你居然能说出这么贴切的譬喻，一辈子难得出现一次这样的神来之笔！太宰兄，那种像粘上假胡子般带有流苏的镀金银盾，应该很适合你哦。……不对，其实，太宰兄已经一派气定神闲地手握盾牌了嘛，只有我们身上连件武器都没有。”

“我说些奇怪的话请别介意。在你看来，于大自然里生长的野莓，以及经过精美包装后摆在市场上贩卖的草莓，哪一种比较有尊严？所谓的登龙门，是把人直接送进市场里的一座外表华美、内在凶恶的地狱之门。然而，我能够体会那种包装精美的草莓的悲哀，而且近来开始认为这样的草莓值得崇敬。我不会逃走的，你们要做什么，我绝对奉陪到底。”他撇了撇嘴角，露出苦笑，“直到你们清醒过来的时候，就会——”

“慢着，别再往下讲了。”马场抬起右手，在鼻尖前方虚软地摇了摇，拦住太宰不让他继续说。“若是清醒过来，我们就活不下去了。喂，佐野次郎，放弃吧。没意思了。很抱歉，我要退出了。我可不想沦为别人的盘中餐，要送给太宰吃的油炸豆皮[①]，请上其他地方找去。太宰兄，海盗俱乐部于今日成立以及解散，不过……”马场起身，大步迈向太宰，“你是恶魔！”

太宰的右颊挨了一巴掌；马场扬起手，狠狠甩了他一耳光。霎时间，太宰像个小孩子似的哭丧着脸，旋即紧抿

① 前文提到的稻荷神社奉祀的是狐神，在日本的民间传说中，狐狸很喜欢吃油炸豆皮，因此民众到稻荷神社参拜时，常准备豆皮寿司作为供品。这里是将太宰喻为狐神。

着紫黑色的嘴唇，倨傲地抬起头来。我突然喜欢上了太宰的相貌。佐竹则眼睛轻合，佯装在睡觉。

这场雨一直下到了晚上，仍然没有停歇。我和马场两人到了本乡一家昏暗的鱼糕店喝酒。起初我们仿佛死人一般，一声不吭喝着闷酒，约莫两个钟头过后，马场总算开口了。

“佐竹一定事先拉拢太宰了。他们是相偕来到你住处门前的。这种事对佐竹来说，根本稀松平常。我早就知道了，佐竹一定私下找你商量过了，没错吧？”

“对。”我帮马场斟了酒，很想做点什么来安慰他。

“佐竹想从我这边抢走你。没有任何理由。那家伙的报复心特别强烈，比我还要严重。这样说倒也未必，其实我也不太清楚。……说不定，他只是一个平凡无奇的庸俗之辈而已。没错，他那种人在社会上应该只是个普通人吧。不过，那些都无所谓了。不办杂志了，心里反而痛快，今天晚上我总算可以高枕无忧，睡个好觉了！老实说，或许再过不久，我会被赶出家门，某天早上一觉醒来，就成了一个孤苦伶仃的乞丐了。所以其实那本杂志，我从一开始就没打算要办。只是因为喜欢你，只是因为不希望你离我而去，这才拿办《海盗》杂志当作借口。每当看到你满怀对《海盗》的想象，眼中光彩洋溢地叙述着各种计划的时候，我才感到生命的意义。我觉得自己就是为了看你这双眼睛，才活到今天的。我从你身上学到了真正的爱情，仿佛过去从不知爱情为何物。你是透明的、纯真的，并且——还是个美少年！我似乎从你的眼眸里看到了弹性的极致。是的。真正窥看到那口理性之井的深底的人，不是我，不是太宰，也不是佐竹，而是你！没想到竟然是你。……啧！我怎么这么饶舌地讲个不停呢？太轻浮、太狂躁了！真正的爱情是至死都不能说出口的，这是小菊那个丫头告诉我的。我这里有一个天大的新闻。好，就让你知道吧——小菊爱上你了。她说，就算以死相逼，这件事也不能让佐野次郎先生知道，因为自己对他喜欢得要命。她故意说着反话，把一整瓶汽水全淋在我头上，宛如发疯似的尖声狂笑。我问你，你最喜欢的人是谁？太宰吗？莫非是佐竹？不会吧。我想得没错吧？我——”

“我……”我打算把心里的话毫不保留地统统说出来，“我每个都讨厌，只喜欢小菊。刚才见到小菊的时候，我发现自己喜欢小菊胜过河岸那边的那个女人。”

“好吧。”马场低低应了一声，朝我露出微笑，下一刹那突然抬起左手掩面啜泣。他用一种念台词演戏似的节奏说道：“我可不是在哭，这是装哭，没掉泪。可恶！大家尽管这样嘲笑我吧。我会从出生到死亡的那一刻不断演戏。我是幽灵。啊，千万不要将我遗忘！我确实才华横溢。《荒城之月》的作曲者是谁？有的家伙说是泷廉太郎，而不是我。大家非要这样怀疑我不可吗？好吧，就当我骗人好了……不，我没有骗人！是非曲直一定要说个明白才行。我绝没有骗人！”

我独自摇摇晃晃地走出店门外。雨还没停。外头下着雨。哎，这不是刚才太宰嘀咕过的话吗？是啊，饶了我吧，我快累死了。啊！我学了佐竹的话。啧！哎呀，连咂嘴的声音都和马场越来越像了。渐渐地，我陷入了寂寥的疑问之中。我到底是谁？这个念头令我不寒而栗。我让人偷走了我的影子。弹性的极致是什么东西嘛！我朝前方径直奔去。牙医。鸟店。甜栗铺。面包坊。花店。行道树。旧书店。洋房。狂奔中，我仿佛听到自己嘟嘟囔囔地说个不停……电车，快跑。佐野次郎，快跑。电车，快跑。佐野次郎，快跑。我随口胡诌一段曲调，反反复复唱个不停。啊，这就是我的创作。这就是我唯一创作成功的一首诗。太窝囊了！我就是笨，所以没出息。我就是笨，所以没出息。车灯。引擎声。星星。树叶。交通信号灯。风。啊！

四

“佐竹，昨天晚上佐野次郎被电车撞死了，你知道吗？”

“知道。今天早上我从收音机里听到新闻了。”

“那家伙还真是多灾多难。不像我，除非自己上吊，否则大概死不了。”

“是呀，活得最久的大概就是你了，我的预言相当灵验哟！我告诉你……”

“什么事？”

“这里有两百元，鹈鹕的画卖得挺好。本来我是想和佐野次郎去玩，这才努力筹来这么多钱。”

“给我。”

“可以。”

“小菊，佐野次郎死啦。唉，他不在了，你上哪里都找不到他的，别哭了。”

“好的。”

“这一百元给你，拿这些钱去买漂亮的衣服和腰带，一定可以忘了佐野次郎。

所谓水随方圆之器，人依友而善恶。佐竹啊佐竹，今天晚上我们两个就别斗嘴了，和和气气地去玩吧。我带你去个好地方，全日本最好玩的地方。……我们还能像这样好好活在世上，不免对这世间怀有几分眷恋呢。”

“只要是人，终究难逃一死。”

《文艺春秋》昭和十年

富岳百景

富士山的峰顶角度，在歌川广重[①]的画笔下呈现八十五度，在谷文晁[②]的画作中大约也是八十四度。不过，根据陆军实地测量图所做出的东西向与南北向的断面图，其东西纵断面的顶角是一百二十四度，南北纵断面则为一百七十度。事实上，不只歌川广重和谷文晁这么画，绝大部分绘画中的富士山都是以锐角呈现山貌，峰顶尖利纤细，又高耸入云。葛饰北斋[③]甚至还把富士山的顶角画成像埃菲尔铁塔那样，几乎只有三十度。然而，真正富士

---

① 歌川广重（一七九七—一八五八），日本江户时代浮世绘画家。
② 谷文晁（一七六三—一八四一），日本江户时代画家，关东南画之泰斗。
③ 葛饰北斋（一七六〇—一八四九），日本江户时代浮世绘画家。

山的山势非常缓钝，东西向为一百二十四度，南北向为一百七十度，完全不是一座陡峭挺拔的高山。假若我是印度人或其他国家的人，某天突然沦为一只大鹫的猎物，被抓着飞越大洋来到日本沼津一带的海岸时，因为大鹫松了爪子而掉下去，在坠落过程中瞥见这座山，大概并不会特别惊叹吧。除非是早已对日本的富士山向往已久的人，才会在目睹的那一刻赞叹一声"太惊奇了"，否则我怀疑，若是对富士山的世俗宣传一无所知的人，这座山能否打动那颗质朴、纯粹又空虚的心？想到这里，我对这座山的信心不再那么坚定了。太矮了。以其山麓的幅员来看，实在太矮了。占地那般广大的山麓，至少应该比现在高出一点五倍才行。

如果是从十国岭望过去，富士山确实很高。从那个方向看的话，山势相当壮观。一开始，峰顶被云雾遮住了，我只能由山麓的坡度推测山顶大概就在那里，并且以云雾的某一点作为标记。等到云雾散去之后一看，我错了，山顶竟比我标记之处高了一倍，蓝色的山巅清晰可见。与其说讶异，我简直忍不住想捧腹大笑，暗叫一声：真服了你！人们在面对确切之事时的第一个反应，似乎是不顾体面地哈哈大笑，仿佛全身的螺丝都松开来了。这样的形容或许很怪，总之是一种解开衣带舒心欢笑的感觉。各位如果与情人见面，情人一见到您就开怀大笑，那就要恭喜您了。

请千万不要责怪您的情人有失礼仪。因为那表示情人见到您时，对您是完全彻底的信任。

从东京的公寓窗口远望的富士山格外逼仄，冬天看得尤其清楚。雪白的小三角形轻巧地从地平线探出头来，那就是富士山。要说它像什么，简直就是圣诞节装饰的甜点，也宛如一艘左舷倾斜、眼看着即将由船尾开始渐渐沉没的军舰。三年前的冬天，某人向我坦承了一个令人震惊的真相，我完全不知该如何是好。当天晚上，我独自在公寓猛喝闷酒，整夜没有合眼，只管大口灌酒。拂晓时分，我去小解，隔着公寓厕所方窗上的铁丝网看到了富士山。我永远忘不了那座雪白小巧、略微左倾的富士山。鱼贩骑着脚踏车，由窗下的柏油路飞奔而过，还隐约传来他的咕哝：哇，今天早上的富士山看得特别清楚哩……冷死人啦……我站在昏暗的厕所里，搭着窗上的铁丝网低声啜泣。我再也不想经历那种煎熬了。

十三年[①]的初秋，我决定好好整理思绪，于是带着一只行囊，踏上了旅程。

甲州。这地方群山的特征是棱线平缓，模糊而虚幻。小岛乌水[②]曾于《日本山水论》中提道："山形古怪，置身于此，犹如仙游。"或许甲州的群山，就属于这一类山中的异数。我从甲州市搭上巴士，经过一个小时的颠簸，终于抵达了御坂岭。

御坂岭，海拔一千三百米。山顶有一家名为天下茶屋的小茶馆，井伏鳟二[③]先生从入夏时节就来到这里的二楼专心写作，我听到这个消息后才来到这里。为了不打扰井伏先生的工作，我租下隔壁的房间，打算暂时住在这里享受山中灵气。

井伏先生忙于工作，我得到他的允许，得以在茶馆住上几天。于是，就算我百般不愿，也不得不天天与富士山

---

① 昭和十三年为公元一九三八年。昭和元年为公元一九二六年，后文类推。

② 小岛乌水（一八七三—一九四八），日本登山家、文艺评论家。

③ 井伏鳟二（一八九八—一九九三），日本小说家，堪称太宰治文学与人生的导师。

打照面。这处山岭位于从甲府沿着东海道往返镰仓的要冲，被誉为最具有代表性的富士山北望观景台。从这里看到的富士山，应该就是知名的富士三景之一，可是我并不喜欢。不但不喜欢，甚至嗤之以鼻。这个景象太刻板了。站在此处望过去，富士山在正中央，山下横躺着白冷的河口湖，近景的群山静静地蹲居在山袖两侧，环抱着湖水。我光是瞧一眼，便尴尬得红了脸。这根本是澡堂墙上的油漆画，舞台上的布景图。怎么看都是最典型的富士山景，让我为之羞愧不已。

我在山岭那家茶馆住了两三天后，井伏先生的工作终于告一段落。一个晴天的下午，我们相偕爬上三岭。三岭，海拔一千七百米，比御坂岭略高一些。我们沿着陡坡吃力地攀爬，用了大约一个小时总算到达山顶。我走在狭窄的山径上，一路奋力拨开缠杂藤蔓的模样，想必相当狼狈。井伏先生穿的是正式的登山服，一派简捷轻便的装束，而我没有现成的登山服，只能穿着宽袖棉袍。茶馆提供的宽袖棉袍衣摆太短，我毛茸茸的小腿露在外面一尺以上，再加上脚底套着向茶馆老板借来的胶底两趾布鞋，这副德行连自己都看不下去，只好又系上一条硬质腰带，再戴起原本挂在茶馆墙上的旧草帽，结果模样更是古怪。井伏先生向来不曾以貌取人，然而这回连他都露出一抹同情之色，忍不住低声劝慰我："男人无须在意身上衣着……"这句话我永远忘不了。就这样，我们爬到了山顶。这时，一阵浓雾突然扑面而至，我们站在山巅断崖边的展望台，眼前别说是山光水影了，根本什么都看不见。井伏先生在浓雾下方的一块岩石上坐了下来，闲适地抽起烟来，还放了个屁，穷极无聊。展望台上有三家茶店，我们选了其中一家只有一对老夫妇经营的简素小店，在那里喝了热茶。茶店的老太太见我们可怜，忙安慰说："这场雾来得真不巧，再过一会儿应该就散了，富士山真的就在眼前看得清清楚楚呢！"说完，她还从茶店里面拿出一大张富士山的照片，站到山崖边，两手高高举起照片拼命为我们讲解："你们瞧，这么一大座山就像这样在这个地方！站在这里就可以像这样看得很清楚哦！"我们一面啜饮粗茶，一面望着老太太手上的富士山，笑了起来。谢谢老太太让我们看到了最美的富士山。虽然雾气深浓，但我们丝毫没有遗憾。

记忆中应该是两天后的事了，井伏先生要离开御坂岭，我也随同他一起到甲府。

我将在甲府与某家的小姐相亲。井伏先生带着我来到甲府市郊那位小姐的府上。井伏先生轻松地穿着登山服，我则是腰系硬质衣带与身穿夏季短外褂的装束。那位小姐家里的院子种了许多玫瑰。她的母亲欢迎我们的到来，请我们进客厅寒暄，不久，小姐也出来了。我并没有看她的长相。井伏先生和小姐的母亲相谈甚欢之际，突然抬眼望向我背后的门框上方，低呼一声："咦，富士山？"我也跟着转身仰头，望向门框的上面，那里挂着一幅装框的富士山喷火口的鸟瞰照，宛如一朵纯白的睡莲。我端详片刻，慢慢转回正面，就在这时，瞥了小姐一眼。我决定了。无论要面对多少困难，我都要和她结婚。真感谢那幅富士山成为我人生的转折点。

井伏先生于当天返回东京，我则再度前往御坂岭。接下来的九月、十月，直到十一月十五日之前，我都住在御坂岭茶馆的二楼，一字一句地完成作品，其间还得和那不得我心的"富士三景之一"相望交谈至筋疲力尽。

这期间发生过一个令人捧腹大笑的插曲。我有个朋友是大学讲师，也是浪漫派的文士，某一天健走时顺道来茶馆找我，我带他到二楼的走廊远望富士山。

“真俗气，这富士山看起来装模作样的，不是吗？”

“看着它的人都替它觉得难为情了。”

我们抽着香烟说着大话。朋友忽然扬了扬下巴示意，问道：

“咦，那里有个看起来像和尚的，不晓得是什么人。”

一名身穿墨色破衣、年约五十岁的矮小男子拖着长杖爬上山岭，不时回头仰望富士山。

“看他的样子，颇有‘富士见西行’[①]的风范。”我觉得那名僧人的样貌有点眼熟，“说不定是一位知名的圣僧。”

“少来了，那是乞丐啦！”朋友冷淡地说道。

“不不不，看他一派仙风道骨，步态也格外清雅。传闻能因法师[②]就曾在这座山岭赋歌赞咏——”

我话还没讲完，朋友已扑哧一笑。

“喂，瞧吧！哪里来的步态清雅啊？”

只见那位“能因法师”遭到茶馆的狗儿阿八的吠赶，十分仓皇，令人目不忍视。

---

① 日本画常见的主题之一，画中人物将斗笠和行囊摆在身边，眺望富士山。

② 能因法师（九八八—？），日本平安时代中期的僧人、歌人。

“我果然没有识人之明……”我相当失望。

那名乞丐狼狈地左躲右闪，到后来连手杖都扔了，手忙脚乱地落荒而逃。

没有一丝一毫的清雅可言。如果说富士山俗气，那么法师也同样俗气。事情就是这么回事。现在回想起来，简直无聊透顶。

有个姓新田的二十五岁敦厚青年，在山麓下那个占地狭长的吉田町上的邮局工作，说是从分送邮件中得知我来到此处，专程到茶馆拜访。我们在我二楼的房间聊了一阵子，彼此相熟了之后，新田才笑着告诉我：“其实我还有两三个朋友原本打算一起来拜访您，可是临行前纷纷打了退堂鼓，因为大家在佐藤春夫先生的小说里读到，太宰先生是极端的颓废派，并且性格偏激，所以我没办法逼他们一起来，哪里知道您居然是这样一位严肃正直的人呢！请问我下一次可以带大家一起来吗？”

“那倒无妨……”我不禁苦笑，“这么说，你是抱着必死的决心，代表那群伙伴来探查我的喽？”

“我是敢死队。”新田回答得率真，“昨天晚上我还重读了一遍佐藤老师的小说，下定决心之后才来的。”

我通过房间的玻璃窗望向富士山。富士山不发一语，站在那里。我心想，真了不起啊！“真不错，富士山确实有其了不起的一面。做得真好！”我暗自忖想，自己经常随着爱憎意念而心波起伏，实在比不过总是以不变应万变的富士山。富士山果然了不起！富士山做得真好！“做得真好吗？”新田复述了我的话，并且会心一笑。

自那天以后，新田带了很多年轻人来找我。他们都斯斯文文的，也都称我为老师，而我也欣然接受这个称呼。我没有什么值得夸耀的，既没学问，也无才能，肉体污秽，心灵贫乏，唯独经历过的种种苦恼，足以担待得起让那些年轻人尊我一声“老师”。就只有这样而已。这股自负细得宛如一根稻草。只有自负这一项，我期许自己确确实实地拥有。我这个被认为是耍赖任性的孩子，究竟有多少人了解我内心的苦恼？新田以及另一个擅作短歌、名叫田边的年轻人，他们都是井伏先生的读者，这层因素也使得我和这两人最谈得来。有一次，他们带我去吉田。那个町狭长得令人惊讶，的确很有山麓小镇的氛围。富士山挡住了阳光与风，吉田町犹如一根细细长长的茎，昏暗而微寒。清澈的溪水循着道路蜿蜒流淌是山麓小镇的一贯样貌，三岛那地方也像这样，有着清澈的溪水流经全町。当地人无不深信，溪水的来源是富士山融化的冰雪。相较于三岛，吉田的水量并不丰沛，水质也脏浊。我看着溪水，说道：

“莫泊桑[①]有一篇小说，写的是有位千金小姐每晚都游过河去与贵公子相会。我纳闷的是，她身上的衣服该怎么办？总不会是脱光了游过去吧？”

“说得也是。”两个年轻人想了想，“难道是穿泳衣吗？”

“把衣服顶在头上绑好，就这样游过去吗？”

两个年轻人都笑起来。

“或者小姐直接穿着衣服过河，全身湿透和贵公子相会，两个人坐在火炉边把衣服烤干吗？如果是这样的话，那回去的时候怎么办呢？好不容易才烤干的衣服，又得穿着游过河变得湿淋淋的了，真让人为她担心。其实，应该是贵公子游过来与小姐相会才对吧？男人的话，即使只穿着一条裤衩游泳，也不至于太难看。难道贵公子是旱鸭子吗？”

“不，我觉得是那位小姐爱得比较深。”新田认真地

---

① 莫泊桑（一八五〇—一八九三），法国短篇小说家，享有“短篇小说之王”的美誉。

说道。

“也许你说得对。外国故事里的小姐比较有勇气，让人欣赏。一旦爱上了，不惜游过河也要和情郎相会。换作在日本，根本不允许她这么做。不是有一出名叫什么的戏就是这样的吗？男人和公主分隔在河川的两岸长吁短叹。其实，公主在那种情况下何必叹气，只要游过去不就解决了吗？我看过那出戏，那条河非常小，哗啦哗啦游过去有什么难的？真不懂隔岸叹息的意义在哪里，一点都不值得同情。如果是《生写朝颜话》里的《大井川》[①]那一段，倒还让我有些同情。毕竟当时朝颜眼睛瞎了，到了河边想追上情郎却又遇到大水。不过，就算在那种情形下，也不是绝对没办法游过去。光是在大井川里紧抱着木桩怨天怨地的，实在没有意义。啊，我想到了一个人！在日本也有个勇敢的女子哟！她的勇猛令人佩服。你们知道是谁吗？”

---

① 日本的净瑠璃《生写朝颜话》中的一段。故事描述宫城阿曾次郎与秋月深雪相恋后，因造化弄人而多次重逢又别离，深雪因故失明之后以当年情郎赠诗而化名为朝颜。某日于客栈中，朝颜从声音认出旅客驹泽次郎左卫门就是当年的阿曾次郎，于是冒着风雨去追前往大井川搭船渡河而去的阿曾次郎，不料河水暴涨，朝颜只能空对船影渐行渐远。

“有这样的人吗？”两个年轻人眼里放光。

“清姬！她为了追安珍，不惜跟着进入日高川拼命往前游，真叫人钦佩[①]。根据书里写的，清姬当时仅仅十四岁呢！”

我们一边散步一边闲谈，就这样走到了郊外一家幽静的老旅社。那里是田边认识的店家。

三人在那里喝了酒。当晚的富士夜色美极了。晚间十点左右，两个年轻人各自回家，留下我一人在旅社。夜里，我睡不着，套上宽袖和服到外面走一走。夜空中的月亮格外皎洁，富士山看起来很美，在月光的映照下，透着晶莹的蓝色，我感觉恍恍惚惚的。富士山，湛蓝欲滴。好似燃烧的磷火。鬼火。似阴火。萤火虫。芒草。

葛叶。我仿佛没了双腿，径直在夜路上移动。木屐的踩步声宛如不是从我脚底传来，而是一种其他生物自己发

---

① 日本的传说故事。一位俊美的僧侣安珍要前往熊野参拜寺院，途中借住一户人家，那户人家的女儿清姬爱上了安珍，执意以身相许，安珍只得骗她等到参拜完再来见她。后来清姬发觉受骗，化身为蛇一路狂追，即使碰上河川，也不惜跳入、拼命前游。最后她追到了道成寺，吐出火焰把躲在大钟里的安珍烧死了。

出的咔嗒咔嗒的声响，清晰地回荡着。我轻轻回头一望，映入眼帘的是富士山，燃烧着蓝色的火光浮在天上。我叹了一声，想象自己是维新志士，想象自己是鞍马天狗。我装模作样地袖着手迈步向前，感觉自己是个俊美的好男儿。我走了很久才察觉钱包掉了。可能是因为里面装了约莫二十枚的五十钱硬币，太过沉重而从怀里掉了出来。奇妙的是，我一点也不在意。没有钱的话，就这样一路走回御坂岭也无妨。我继续往前走。忽然想到只要循着原路折返，就能找回钱包。于是我仍然袖着手，踩着蹒跚的脚步往回走。富士山。月夜。维新志士。遗失了钱包。真是饶富趣味的浪漫。钱包果真躺于路中央闪闪发亮。钱包当然还在那里。我捡起钱包，回到旅社睡下。

是富士山幻惑了我吗？那一夜，我像个傻子似的，完全失去了意志。直到现在回想起那天晚上的事，依然觉得相当疲惫。

我在吉田住了一晚，隔天，一回到御坂岭，只见茶馆老板娘露出别有深意的笑容，而她十五岁的女儿则绷着一张脸不说话。我不露痕迹地向她们详细叙述昨日一整天做了些什么，想让她们明白我并没有做苟且之事。我巨细靡遗地讲述了住宿旅社的名称、吉田当地酿造酒的滋味、月夜下的富士山、掉了的钱包。女孩终于消了气。

“先生！快起来看呀！”某天早晨，女孩在茶馆外尖声叫唤。我不高兴地起了床，到走廊探看。

兴奋的女孩双颊通红，一句话也没说，只指向天空。我顺着她的手势一看，是雪。我愣了一下。富士山降雪了，山顶闪耀着白皙的光芒。原来，御坂岭的富士山景也颇为壮观。

“真不错！”

听到我的赞赏，女孩得意起来。“景色绝佳吧？”她用了十分贴切的形容词，蹲着对我说，“这样，您还觉得御坂岭的富士山没什么好看的吗？”或许是因为我对女孩说过很多次，从这里望见的富士山太俗气了，使她耿耿于怀。

“富士山果然只有雪景值得一看。”我一脸严肃地告诉她。

我穿着宽袖和服在山间漫步，带回满满两掌心的月见草种子，撒在茶馆的屋后，并且叮咛女孩：

“要记得，这是我种的月见草，明年我还会再来看它，所以不可以把洗完东西的脏水泼在这边哦！”女孩点头答应。

之所以特意选了月见草，是因为我深信月见草与富士山最相称。御坂岭的那间茶馆是山里的独栋房屋，邮差不会把信件送来这里。从岭上得搭巴士三十分钟左右，才能抵达山麓河口湖畔的河口村，一处名副其实的偏僻村落。河口湖的邮局会为我保管邮件，我大约每隔三天就得去一趟邮局收信。我会选个天气好的日子下山。这条路线的巴士女售票员并不特别为游客导览沿途风光，但偶尔会忽然想起什么似的，仿佛自言自语般，用闲散又懒洋洋的语气为乘客介绍那是三岭，对面是河口湖，湖里有西太公鱼，等等。

我从河口湖邮局领了信，再度搭上巴士回到山上茶馆的途中，坐在隔壁的是一位罩了件深褐色披风、肤色苍白而容貌端正、长相神似家母的六十岁老妇人。此时，女售票员忽然又想起什么似的，用既不像讲解，也不像独自赞叹的语气告诉乘客："各位，今天可以很清楚地看到富士山哦！"于是，背着背包的年轻上班族，以及小心翼翼地拿手帕掩嘴、头顶蓬松的传统发髻、身穿绸绢貌似艺伎的女人，等等，纷纷转身将头探出车窗外，惊喜地望向那平凡无奇的三角形山峰，此起彼伏地发出愚蠢的赞叹之声，车里一时之间吵嚷不已。唯独我身边的这位老妇人与其他的游客不同，或许是心里有着深深的忧愁，连一眼也没有瞥向富士山，而是凝视着富士山对侧、山路旁的断崖。见到这位老妇人的态度，我暗自叫好，那股快意让我体内一阵酥麻。我好想让这位老妇人知道，自己和她一样有着高尚而虚无的心怀，根本不想瞧那种俗气的山，我也完全能够体会到她的痛苦与寂寞。为了主动向老妇人表达我与她心有同感，我撒娇似的将身体朝她挪近，老妇人仍旧一动也不动，漫不经心地望向悬崖。

老妇人仿佛也对我产生了几分信赖，忽地嗫嗫说了句：

“咦，是月见草。”

说完，还抬起细瘦的手指，示意我看路旁的某处。巴士疾驶而过。直至现在，我的眼里依然留有那惊鸿一瞥的残像——一朵金黄色的月见草艳丽的花影。

那一朵月见草与海拔三千七百七十六米的富士山两相对峙依然毫无惧色，那昂然挺立的模样实在太令人钦佩了，我简直想尊称其为金刚大力草。月见草与富士山最相称。

十月已过大半，我的工作却迟迟没有进展。我思念人群。傍晚时分，宛如鸿雁白腹般的卷云刷过了满天的红霞，我在二楼走廊上一个人抽着烟，故意不去看富士山，而将视线对准那满山鲜红如血的红叶，接着朝在茶馆门前扫落叶的老板娘喊道：

“老板娘！明天是大晴天哦！”

那近似欢呼的嘶哑叫声，把我自己也吓了一跳。老板娘停下扫地的手，仰起脸来，纳闷地皱着眉头问我：

“您明天有什么事吗？”

被老板娘这么一问，我不知道该怎么回答。

“没事。”

老板娘笑了出来。

“您在这里闷得发慌了吧？要不要去爬爬山呢？”

“就算爬到山上，还得立刻下山，一点意思也没有。不管爬上哪座山，看到的都是同一座富士山，一想到这件事，我就提不起劲来。”

老板娘大概不太懂我的话中之意，不置可否地笑了笑，继续扫枯叶。

睡前，我轻轻揭开窗帘，从窗里看着富士山。月下的富士山泛着青光的白，像个水精灵一般悄然伫立。我发出叹息：哦，可以看到富士山，星星也又亮又大，这么说，明天会放晴了。我带着有些雀跃的喜悦，缓缓合上窗帘，躺下来睡了。然而，当我想到，就算明天放晴，对自己也毫无影响，便忍不住在被窝里苦笑起来。我好难受。问题在工作——比起单纯动笔书写的痛苦，不对，动笔书写对我而言是一种享受，我指的不是那个，而是关于我的世界观和艺术，关于明日的文学，也就是所谓崭新的事物，到现在我还在慢吞吞地思索，烦恼不已，折磨着我的身心，而这样的形容绝无夸大。

我想，要达到新的境界，只能一把抓起那些因为素朴自然而显得简洁鲜明的东西，直接将它们的原貌呈现于纸张之上。当我脑中浮现这样的想法时，眼前的那座富士山也映显出另一番意涵了。这样的风貌，这样的呈现，或许正是我所思考的“单一呈现”之美。我试着以更为包容的心态来观赏富士山，然而，这座山在我眼中依旧简略得犹如一支插在地面上的短棍子似的，令我难以认可。假如这样叫作好看，那么弥勒佛像的摆饰也可以算是好看，可是我实在受不了俗气的弥勒佛像摆饰，怎样也无法认同那种东西称得上是美的呈现。换言之，富士山的形貌，毕竟还是与美的形象有所不同。我再一次确认了富士山绝不是我心中想象的美的样貌。

从早到晚，我望着富士山，度过忧郁的每一日。十月底的某一天，从山麓的吉田町来了一群卖春妇，分乘五辆汽车来到御坂岭。今天大概是她们一年一度的休假日。我从二楼看着那副景象。形形色色的卖春妇逐一下了车，宛如一群从笼子里放出来的鸽子似的，起初不知道该往哪里走，只能彷徨无助地挤成一团，不发一语地你推我挤，一会儿过后，那种不寻常的紧张感逐渐疏解开来，她们开始悠闲地逛了起来。有的文文静静地挑选摆在茶馆门口的风景明信片，有的驻足远望富士山。这一幕晦暗而寂寥的景象，令人不忍目睹。此时，茶馆二楼有个男人，尽管与她们有着生死与共的同感，却没有办法为这些卖春妇的幸福提供丝毫帮助。我唯一能做的事，只有像这样看着她们。痛苦的人继续痛苦吧！堕落的人尽管堕落吧！这些都与我无关。红尘凡间就是如此。我虽这样假装冷酷地俯视着她们，心里却十分痛苦。

我突然心生一计，不如将她们托付给富士山吧！“喂，这群女子就拜托您啦！”我抬头望向耸立在寒空中的富士山，这时的富士山俨然一位身穿宽袖棉袍、双手揣入怀里的高傲大头目，我很放心央托这样的富士山来照顾她们。我心情放松下来，带着茶馆的六岁男童以及长毛狗小八，离开这群卖春妇，前往山岭附近的隧道游玩。隧道的入口处有位三十岁左右、身形纤瘦的卖春妇，独自一人默默地采着毫不起眼的花草。我们从旁边经过时，她依然头也不回地专心摘花。我再次抬起头，向富士山祈求："这名女子也顺便拜托您了！"接着，我牵着男童的手，跨步走进隧道。隧道里冰冷的地下水滴落到我的面颊上，然后流到我的脖颈上。我完全不在意这些水滴，刻意迈开大步继续前行。

当时，我的婚事遇到了挫折。我已经确信家里不会提供任何资助了，不知该如何是好。原先打的如意算盘，是家里至少可以赞助一百元，如此一来就能举行一场简单而隆重的婚礼，至于往后养家糊口所需，再靠工作赚取。可是和家里通了两三封信之后，我明白家里不会提供任何帮助，实在一筹莫展。既然这样，即使婚事破局，我也无话可说，总之应先向对方和盘托出实情。于是我独自下了山，前往位于甲府的女方家中拜访。所幸当天小姐也在家。我被领进客厅，向小姐与她的母亲坦承以告。解释的过程中，莫名地不时变成演说的口吻，但应该如实表达出了我诚挚的心意。小姐态度稳重，纳闷地询问我：

“这么说，是府上反对这门亲事吗？”

“不，并非反对！”我按在桌面的右手掌微微用力，“我想，他们的意思是要我自己想办法。”

“这样很好。”小姐的母亲优雅地笑着说道，“如您所见，我们并不是有钱人家，那些铺张的繁文缛节反倒不自在。对我们来说，只要您对爱情与工作怀抱热忱，这样就够了。”

我连答谢都忘记了，好半晌望着院子发呆，感觉到眼眶发热。我决定往后一定要好好孝顺这位母亲。

告辞后，小姐还送我到巴士站。在前往巴士站的路上，我故意问了她：

“你觉得要不要多交往一阵子看看呢？”

“不用，这就够了。”小姐笑着回答。

“有没有什么事要问的呢？”我越问越蠢。

“有。”

不管小姐问我什么，我都决定说实话。

“富士山已经下雪了吗？”

这问题令我大失所望。

“下雪了。山顶上已经——”我话没说完，忽然瞥见富士山就在正前方，顿时不太高兴。

“什么嘛，从甲府就能看到富士山了啊，把人当傻瓜吗？”我的口气像个流氓，“你问了个笨问题，拿我当傻瓜！”

小姐低头窃笑。

“可是您从御坂岭来，不问一问富士山的事，好像有点失礼。”

这女孩真让人捉摸不透。

从甲府回到茶馆后，我才察觉到肩膀严重僵硬，痛得连呼吸都困难。

“真好，老板娘，还是御坂岭这里好，感觉就像回到自己家里。”

吃完晚饭，老板娘和女儿轮流为我捶肩。老板娘硬而有力的拳头拳拳到位，女孩的拳头却软绵绵的，没能捶到痛处。我吩咐她用力一点，再用力一点，女孩干脆拿来木柴往我肩上咚咚敲打。不动用木柴还真没办法舒缓肩膀的僵硬，足以见得我在甲府有多么紧张，多么用心挽回婚事。

从甲府回来后，我有两三天都恍惚无神，提不起劲来工作，坐在桌前只能随手涂鸦，一连抽掉了七八包黄金蝙蝠牌卷烟，不然就是躺卧着反反复复哼唱“金刚石若未琢磨……”那首歌[①]，小说却连一张稿纸也没写。

“先生，您去了甲府回来，进度变慢了哦。”

一天早晨，我手撑在桌上托着面颊，闭上眼睛，脑中思绪纷乱。那个十五岁的女孩在我背后擦着壁龛，打从心底为我担忧，但说话的口吻听起来有些刺耳。我头也不回地问她：

“是吗？进度变慢了吗？”

女孩没停下手中擦拭的动作，接口回答：

“是呀，进度变慢了。您这两三天根本没用功嘛。我每天早上最期待的事，就是按照编号顺序整理那一沓散乱的稿纸，您写得越多，我越开心。您知道我昨晚偷偷来二楼看了您吗？结果那时您蒙着头呼呼大睡呢！”

---

① 《金刚石·水随器》的第一句歌词，意喻玉不琢不成器。该歌曲由明治天皇的皇后作词，音乐教师奥好义谱曲，已编入日本小学音乐教材中。

我非常感激她。说得夸张一些，这是对一个人奋力求生的努力，所给予的纯粹鼓舞，并且不求一丝回报。我觉得这女孩真美。

到了十月底，山里的树叶转红为黑，看起来变脏了。经过一夜暴风吹袭，满山顿时都是暗黑的枯木。游客寥寥可数，茶馆的生意也变差了。老板娘不时带着六岁的男童去山下的船津或吉田采买东西，把女儿一个人留在店里。没有游客的时候，一整天只有我和女孩单独在山上。我在二楼待得无聊，就到户外晃一晃。我走到茶馆后面，靠近正在洗衣服的女孩，大声说了一句：

"好无聊哦！"

说完还笑了起来。女孩只低着头没作声。我探看她的表情，不禁吃了一惊。

因为她简直快哭出来了，脸上明明白白写着恐惧。我不无苦涩地想着原来她怕我，于是立刻转身往右，走向满地落叶的小山径，很不高兴地用力踩踏，在山间胡乱兜绕。

那天之后，我提醒自己行事需谨慎。店里只有女孩一人的时候，我尽量不走出二楼房间。但是茶馆来了客人时，基于保护女孩，我便刻意踏着重重的脚步走下二楼，找个角落坐下，慢慢地喝茶。某一天，一位作新娘装扮的客人，以及两位身穿印有家徽外褂的老先生，一同搭乘汽车来到岭上的这家茶馆稍事休息，当时也只有女孩一个人在店里。我照旧下到一楼，坐在角落的椅子上抽烟。新娘穿着下摆缀有纹饰的长摆和服，腰间系着织锦衣带，头上戴着纯白盖头，一身绚烂的正式礼服。女孩不知道该如何接待这几位罕见的来客，只端了茶给新娘和两位老人家，就赶忙躲到我背后，闭紧嘴巴打量着新娘。想必今天是那新娘一生一度的盛大日子，要从山岭另一边的船津嫁到吉田，于出嫁途中在这山岭上歇息一下，远眺富士山美景。这一趟浪漫的旅程，即使在旁人看来，也同样能感受到新嫁娘的羞涩之情。不久，新娘悄悄走出茶馆，站于店门前的崖边观赏富士山风光。她的站姿十分大胆，居然双腿交叉成 X 形。我端详着这位一点也不紧张的新娘，以及富士山与新娘两相对照的景象。片刻过后，新娘忽然朝着富士山打了一个大哈欠。

“天呀！”

我背后传来一声小小的惊呼。女孩似乎同样眼尖地目睹了那个大哈欠。停留一阵子后，新娘一行人坐上了等在一旁的汽车，下山去了。新娘一离开，就被我们批评得一无是处。

“那个女人一副驾轻就熟的模样，想必已经是第二次，不，是第三次嫁人了吧。新郎正在山下苦苦等候，她竟然还有闲情逸致下车欣赏富士山！这要是第一次出嫁，绝不可能做出那么厚脸皮的举动！”

“她还打哈欠呢！”女孩极力附和我的看法，“嘴巴张得那么大打哈欠，真不害臊哪！先生，您可不能娶这样的太太哦！”

我都一把年纪了，听到女孩这番话居然脸红了。婚事传来佳音，有位前辈愿意为我打点张罗，只请来两三位至亲见证，就在那位前辈府上举行一场寒酸而郑重的婚礼。对于这份隆情厚意，我像个少年般感激又兴奋。

已至十一月，我已经挨受不住御坂岭的寒冷了。茶馆里备了暖炉，老板娘亲切地对我说：“先生，二楼很冷吧？工作的时候要不要来暖炉这边呢？”可是，我无法在别人的视线下写作，因而婉拒了她的好意。老板娘放心不下，特地到山下的吉田去买了暖炉桌回来，好让我能够待在二楼房间的暖炉桌上工作。这间茶馆的主人对我的关照，令我由衷感谢。可是，眼看着富士山已有三分之二的山貌被白雪覆盖，以及近处的群山已遍布萧瑟的枯林，再继续待在山岭上忍受刺骨寒风也没有意义，于是我决定下山。下山的前一天，我套着两件宽袖棉袍，坐在茶馆的椅子上啜饮着烫口的粗茶时，有两名穿着冬季外套、貌似打字员的年轻又聪慧的女孩，从隧道的方向走了过来。她们大概聊得很开心，一路不停地咯咯笑。忽然间，她们看到了眼前那座雪白的富士山，大为讶异地停下脚步，窸窸窣窣一阵商量之后，其中一名戴着眼镜、皮肤白皙的女孩，笑眯眯地朝我走来。

“不好意思，可以麻烦您帮忙拍张相片吗？”

我有些慌张。我实在不善于操作机械，并且对拍照也毫无兴趣，况且身上叠穿着两件宽袖棉袍，连茶馆的人都笑说我像个山贼似的，没想到我这副粗野的模样，竟然遇上了大抵是来自东京的摩登小姐，请托这种时髦的玩意儿，心里实在狼狈得很。但是转念一想，我这身装束在别人眼里，或许有几分别致的山野乡情，并且还像个善于按快门拍照的男子，不禁有些兴奋地答应帮忙。我强作镇定，接过女孩递来的相机，装作只是随口问了操作方式，接着试着对准那不断颤抖的镜头。正中央是好大的一座富士山，底下则是像罂粟花般的两个小人儿。两人都穿着红外套，相互依偎拥抱。我想，她们一定笑得很认真。我实在太想笑了，握着相机的手抖个不停，怎样都没办法拿稳。我勉强忍住笑意，对准镜头，那两株罂粟花越来越清晰地落在镜头中，但焦距怎么调都调不准，我终于决定把她们两人撇在镜头之外，只捕捉满满的富士山身影。富士山，再见了，感谢您的照顾。咔嚓！“照好了。”

“谢谢！”

两人齐声向我道谢。等她们回去把照片洗出来，一定会非常惊讶。因为照片里只有庞然巨大的富士山，完全看不到她们两人。

隔天，我下山了，先在甲府的一家廉价旅社投宿了一晚。翌日清晨，我倚着旅社走廊边脏污的栏杆，看着富士山。从甲府这边望见的富士山被群山遮住，只探出约莫三分之一的面容，真像一株灯笼草。

《文体》昭和十四年

东京八景

（献给苦难中的某人）

这里是位于伊豆南部一处乏善可陈的山村，除了有温泉涌出，其他什么都没有了。村民约为三十户，我选择来到这处荒芜的山村，只因为住在这样的地方应该不必花太多钱。那一天是昭和十五年七月三日。我手头略有宽裕，然而未来仍是一片黯淡。说不定以后再也写不出小说了。假如我在这两个月里连一个字都写不出来，恐怕就要回到从前那种身无分文的日子了。如此想来，手头的这点宽裕实在算不上什么保障，但即便是这般微不足道的宽裕，也已是我这十年来绝无仅有的富绰了。我是在昭和五年的春天来到东京开始新的生活的，当时已经与名为H的女人同居。虽然乡下的大哥每个月都会寄来足够的生活费，但我们这两个不懂得开源的傻子，纵使已经尽量节省度日，到了月底总得拿一两件东西送进当铺。最终，我还是在第六年与H分手了，自己只留下棉被、桌子、台灯和一只行李箱，还有高额的债务。两年后，承蒙某位前辈关照，我和常人一样相亲，进而成家了。

又过了两年，寥寥可数的创作已经出版将近十册，我总算不再被生活逼得喘不过气来。即使对方没有邀稿，只要我努力写完拿去出版社，大约每三篇可以卖出两篇。今后的工作必须凭真本事了。我只想写自己想写的东西。

尽管手头上的宽裕既无保障，也透着一丝不安，但我真的打从心底感到喜悦。

至少在这一个月之内，我可以尽情写作，不必担心钱的事。这一切就像做梦一般。

心神恍惚与惶惶不安在胸口错综交织，我反而坐也不是站也不是，根本无法动笔。

《东京八景》。我总想着迟早要精雕细琢地写出这则短篇作品。我想把住在东京十年的时光，寄情在每一片风景里。我今年三十二岁。依照日本的伦理，这个年龄即将迈入中年阶段了。不仅如此，当我审视自己的肉体与热情时，同样无法否定这个悲伤的事实。我告诉自己：听清楚，你已经失去青春了，你的脸上明明白白写着自己是个年届三十的男人了。《东京八景》，将是我与青春的诀别，它的每一个字都不用来讨好任何人。

那家伙变得越来越庸俗了——那恶意中伤的无知言语，随着微风悄悄飘进我的耳里。每听见一次，我都在心里声嘶力竭地回答：我从一开始就是个庸俗之人，只是你们没发现而已！你们根本就弄反了！当我立誓以文学为毕生志业时，那些愚蠢的人反倒没把我看在眼里。我只能冷笑一声。青春永驻，只存在于演员的世界里，文坛上可没有这回事。

《东京八景》。此时此刻，正是我必须写下这篇文章的时机。目前没有急迫的稿约，口袋里还有一百多元。现在可不是在狭小的房间里漫不经心兜圈子、一声声叹息中夹杂着心神恍惚与惶惶不安的时候。我必须不停地往上爬才行。

我买下一张东京市的大地图，从东京车站搭上火车前往米原，沿途一次又一次地告诫自己：这一趟可不是去玩的，而是要拼尽全力打造毕生最重要的里程碑。我在热海换乘火车前往伊东，再由伊东搭乘开往下田的巴士，沿着伊豆半岛的东海岸摇摇晃晃地朝南方行驶三个小时之后，在那个只有三十户人家，几乎没有人烟的山村下了车。我猜想，在这样的地方投宿，一个晚上总不至于超过三元。眼前只见四家相邻的小旅社，都破旧得让人近乎忧郁。我从中选了F旅馆，因为它是四家旅社中勉强像样一点的。一个貌似粗野、坏心肠的女侍领着我上了二楼。我踏进客房一看，都已经是成年的大男人了，居然还是险些不争气地掉下泪来。这里让我想起三年前在荻洼租借的一间公寓，那已经是荻洼最下等的房间了，可是这个六张榻席大、紧邻棉被储存室的客房，却比那间租屋还要廉价且简陋。

“没有其他房间了吗？”

“是的，都客满了。这个房间很凉爽哦！”

“是吗？”

我觉得自己被看轻了，或许是衣着寒酸的缘故。

“住宿有三元五十钱和四元两种，午餐费另算。您要选哪一种呢？”

“请给我三元五十钱的房间，午餐想吃的时候再告诉你。我想住在这里专心写作十天左右。”

“请稍等一下。”女侍下楼，不久后回到客房。“不好意思，如果是长期住宿，要先收钱。”

“是吗？给多少才好呢？”

“这个嘛，给多少都可以……”女侍欲言又止。

“那先给五十元吧？”

“好的……”

我掏出纸钞摆到桌上，心里的怒火渐渐蹿升。

“全都给你！这里有九十元！我钱包里只剩买烟钱了。”

我不禁埋怨自己怎么会来这种地方。

“真不好意思，我先收下了。”

女侍退了下去。不可以生气，还有重要的工作等着我去做。我强迫自己接受以目前的身份大概只能得到这样的待遇，然后从行李箱底拿出了钢笔、墨水和稿纸。

十年来首度手头宽裕，居然落得这样的下场。我催眠自己，这样的悲哀是命中注定，然后忍住怒气开始工作。

我不是来玩的，而是来努力工作的。那天晚上，我在昏暗的电灯下把东京市的大地图在桌面上摊开来。

上一次像这样摊开东京全图不知道是几年前的事了。

十年前，我刚搬到东京的时候，连买张地图都觉得难为情，深怕被嘲笑是个乡下人，犹豫再三才下定决心，还刻意用自我解嘲的语气买了一张地图，赶紧揣进怀里慌忙走回公寓，入夜后才关起房门，偷偷揭开地图来看。上面布满红色、绿色和黄色的漂亮图形，看得我十分入迷，连呼吸都忘了。隅田川。浅草。牛込。赤坂。这些地名都在上面，想去的话随时都能去。我仿佛目睹了奇迹。

现在，看着这张宛如被蚕啃过的桑叶状东京市全貌，我不禁想象着那些地方的居民多姿多彩的生活风貌。大批人群从日本全国各地蜂拥来到这片贫乏无趣的原野，汗流浃背地相互推挤争夺每一寸土地，或喜或忧，嫉妒仇视，雌性呼唤雄性，而雄性只是近乎疯狂地到处乱走。《埋木》[①]这部小说里一行悲伤的文字，就这么没来由地陡然浮上我的心头——恋爱，就是梦到的是美事，做的却是秽事。这段文字和东京根本没有任何关系。

户冢。这里是我来到东京的第一个落脚处。排行在我

---

① 指日本作家、歌人樋口一叶正式登上文坛的小说，于一八九二年在《都之花》杂志刊载。

上面的那个哥哥[①]就在这地方独自租下一栋房子学习雕刻。昭和五年，我从弘前的高等学校毕业，进入东京帝大的法国文学系。尽管一句法文也不懂，但我真的很想上法国文学课，对辰野隆[②]教授既尊敬又畏惧。我在距离三哥家约莫三百米处，租下一栋新盖好的公寓里面的一个房间。即使是亲兄弟，同住在一个屋檐下也难免会发生不愉快。我们虽然都没有说出来，但心里都觉得这样能让彼此相处起来比较舒服，所以虽然两人住在同一个地方，却分别住在相距三百米之处。三个月后，三哥生病过世了，年仅二十七岁。三哥死后，我仍然住在户冢，从第二学期开始几乎没去学校上过课，而是无所顾忌地协助一般人最害怕的那种秘密工作[③]。我带着轻蔑的态度接触夸张地号称是该工作的一环的文学。在那一时期，我是个纯粹的政治家。那一年的秋天，有个女人从乡下来找我。是我叫她来的。她是H。

① 太宰治的三哥津岛圭治，就读于东京美术学校雕塑科，后因肺结核病逝。

② 辰野隆（一八八八—一九六四），日本的法国文学家，亦为东京帝国大学教授。

③ 太宰治从这一时期开始投身于左翼运动。

H是我进入高等学校那年初秋认识的，到现在已有三年。她是个天真无邪的艺伎。我为了这个女人，在本所区东驹形某户木匠家的二楼租了一个房间。在那之前，我们完全没有肉体上的关系。大哥曾为这个女人的事，特地从家乡来到这里。我们这两个七年前丧父的兄弟，在户冢那个阴暗的租房里重逢了。大哥看到弟弟突然改变的恶劣态度，忍不住流下了眼泪。大哥答应我，以后一定会让我们结婚，于是我将这个女人交给了大哥。比起傲慢地交出女人的弟弟，将女人带回去的大哥必然更是痛苦万分。在把女人交给大哥的前一夜，我第一次和那个女人发生了关系。大哥带着女人回了乡下，然而女人自始至终愣傻着没有反应，之后只寄来一封措辞客套的信说已经平安到家了，然后就不曾捎过音信了。对于女人的状似无牵无挂，我愤恨难平。我为了你，不惜众叛亲离、让母亲尝到炼狱般的痛苦，仍然誓言奋战到底，你却因无知的自信而一副懒洋洋的样子，真是太差劲了。我认为她应该天天写信给我才对，她应该更爱我才好，无奈这个女人根本没想到该写信。我绝望了。我从早到晚，为了协助前面提到的工作而到处奔忙，从不拒绝别人的央托，却也渐渐发现自己在那方面的能力有限。

于是，这又让我绝望了。银座的后巷有个吧女很喜欢我。任何人都曾被人喜欢过。那是个不洁的时期。我邀请那吧女一起去镰仓跳海。我当时觉得，当一切都破灭的时候，就是该寻死的时刻了。那项反神性的工作也濒临破灭了。只因为不想被批评是卑鄙之人，我连肉体上难以承受的工作也接了下来。H 满脑子只想着自己的幸福。全世界只有你不配当女人，因为你不懂我的痛苦，活该接受这样的报应。你罪有应得！对我来说，最痛苦的莫过于与所有亲人分隔两地。我决定跳海的最直接原因之一是，自己与 H 的事使得母亲、大哥、姨母[①]对我失望了。

结果，女人死了，我活了下来。关于这个死去的人，我写过好几次。那是我生涯中的污点。我被关进拘留所，经过讯问之后，检方决定不起诉。这是发生在昭和五年年底的事，几位兄长对这个逃过死劫的弟弟宽容以待。

大哥为 H 赎身，在来年二月将她送到我身边。大哥向来遵守承诺。H 一派轻松地来到了东京。我们在五反田的岛津公爵府邸分售地旁租下月租三十元的房子。H 十分勤

---

① 因太宰治的母亲体弱多病，太宰治由母亲的妹妹带大。

奋地工作。这年，我二十三岁，H 二十岁。

住在五反田的那段日子是愚蠢的时期。我怀忧丧志，连一丝再次出发的希望都没有。顶多偶尔朋友来访，我说些话让他们开开心，就这样而已。对于自己丑陋的前科，我非但没有羞愧，甚至还隐约引以为豪。那真是不知廉耻又低能的时期。至于学校，还是老样子，几乎没去。我厌恶一切努力，吊儿郎当地看着 H 一天挨过一天。就像个傻子，什么也没做。接着，我又慢慢开始协助之前的那种工作了，但这次没有了之前的热情，不过是个冷漠空虚的游民而已。那就是第一次在东京一隅拥有一个家的日子时我的样貌。

那年夏天，我们搬到神田的同朋町。同一年晚秋，我们又搬到神田的和泉町。

接着是翌年早春，我们再搬到淀桥的柏木。没什么事值得一提。我自号朱麟堂，专注于俳句的创作，就像个老人。由于协助前面提到的工作，我再度进了拘留所。

每次从拘留所出来，我总听从朋友们的建议，搬到其他地方。心中既没有任何感激，也没有任何厌恶。我委顿无力，心想如果这样做对大家都好，那就照他们说的去做吧。我就这样和H两人雌雄同穴，漫无目标，度过一天又一天。H过得很快乐，虽然每天总会骂我两三句脏话，不过骂完以后就会若无其事地研读英语。我找时间教她，可她老是记不住，好不容易才学会了英文字母，后来就没再继续往下学了。

她的信依旧写得很差，她根本不想写信，通常都由我打好底稿让她照抄。她似乎很喜欢这种有手下供其差遣的感觉。即使我被警察带走，她也不曾惊慌失措，有时候甚至把我的思想解读为侠义。同朋町、和泉町、柏木，我已经二十四岁了。

那一年晚春，我不得不再度搬家。好像又有人报警，我只好逃走了。这次的麻烦有点复杂。我向乡下的大哥编了个谎言，请他一次寄来两个月的生活费，我就用这笔钱离开了柏木。日常用品分别寄放到不同朋友家里，两人仅带着随身物品，搬到了日本桥八丁堀一家木材店二楼的八张榻席大的房间。我化名落合一雄，于北海道出生的男人。这回相当惊险，手上的钱不敢乱花，只能安慰自己船到桥头自然直，对明天没有任何打算，也什么都不能做。我偶尔去学校，在讲堂前的草坪上默默地躺上好几个小时。某天，我从一位经济学系的同学，亦是高等学校的校友口中，听到一件让我很不舒服的事，感到自己被耍弄了。我不愿相信这件事是真的，反倒怨恨起告诉我的那名同学。我心想只要问一问H就能真相大白，我急忙赶回八丁堀木材店的二楼，进到屋里却问不出口。那是一个初夏的午后，西照的烈日把房间晒得热烘烘的。我要H去帮我买一瓶Oraga啤酒。当时的Oraga啤酒一瓶二十五钱。喝完一瓶，我说还要一瓶，惹来H一阵臭骂。挨骂的我也动了气，尽力装出不在意的口吻，告诉H今天从同学那里听来的事。H生气地皱了皱眉头，只用乡下方言啐了一句："说什么蠢话！"便又安静地继续缝补衣服，丝毫没有另有隐情的感觉。我相信了H。

那一晚，我读了不该读的东西——卢梭的《忏悔录》。卢梭也是因为自己妻子的过往戳入他的痛处而难以忍受。我无法再相信H了。当天夜里，我逼她说出了真相。从同学那里听来的话全是真的，甚至更为严重。若继续刨根究底，不知道还会听到什么事情，于是我问到一半就作罢了。

其实在那方面，我自己也没资格责备别人。镰仓那起事件不就是如此吗？

然而，那天晚上我还是愤恨不已。直到这时我才发觉，自己一直以来都将 H 当宝贝一般捧在手掌心。我以她为傲，我为她而活，我认定自己救了一个纯洁无瑕的女人，勇敢而单纯地相信 H 说的每一句话。我还向朋友们夸耀自己对她的全盘信任。

我深信以 H 的禀性，在来到我身边之前，必定会守身如玉。真不知道该笑自己是个呆子还是什么了。只能说自己涉世未深，根本不知道女人的厉害。我一点也不恨 H 的欺瞒，甚至觉得坦白说出真相的 H 很可爱，想抚摩她的背。我只是觉得遗憾。我厌恶这一切。我想拿棍棒击碎自己的生活。总而言之，我再也无法忍受了。于是，我出面自首了。

检察官的侦讯结束了。我没死，再次走在东京街头。能够回去的地方，只有 H 在的那个房间了。我焦急地赶回 H 身边。凄凉的重逢。两人都露出了自卑的微笑，虚弱地握着彼此的手。我们离开八丁堀，搬到芝区白金三光町，租下一间大空房旁边的小屋。故乡的兄长们仍然默默地给这个不成材的弟弟送来生活费。H 依然充满活力，仿佛什么事都不曾发生。我终于一点一滴地从愚蠢中清醒过来，写下一百张稿纸的《回忆》作为遗书。这篇《回忆》现在已成为我的处女作。我非常渴望如实写出自己从小到大的一切罪行。那是二十四岁秋天的事。我坐在主房旁的小屋里，望着荒芜而杂草丛生的大庭院，完全失去了笑容。我又打算自杀了。要说那叫无病呻吟，确实是无病呻吟。自以为是。我把人生看成一出戏，不对，是将戏剧看成了人生。现在的我，已是个废人了。就连唯一留在身旁的H，也被别人玷污了。

活下去的理由，连一个也没有。我决定以一个自取毁灭的愚蠢百姓的身份死去。我要忠实地扮演时代潮流分配给我的角色，那个总是落于人后、悲哀又卑屈的角色。

然而，人生并不是一出戏，没有人知道第二幕的剧情是什么。有时也会出现某个男人以“自我毁灭”的角色站上舞台，却一直演到最后都没退场。我原本计划留下一份小小的遗书当作告白，让世人知道曾有一个如此污秽的孩子度过了这样的幼年及少年时期，没想到那份遗书反而激起强烈的意志，在我的虚无中点亮了一盏灯火，让我无法一心求死。光是一篇《回忆》还不够。既然写到这里了，不如全部写完，把过去到现在的生活统统诉诸文字。我要写出那件事，还要写出这件事，想写的东西源源不断地涌了出来。我先试着写下镰仓那起事件……不行，似乎少了些什么。再写一篇，还是不满意，叹口气，又着手写另一篇文章。没有句点，只有一整长串的小逗点。那个不停伸手召唤我过去的恶魔，一口一口地啃噬了我。我宛如螳臂当车，不自量力。

昭和八年。我已经二十五岁了。我在这年三月非得从大学毕业不可。但是别说毕业了，我连考试都没有出席。故乡的兄长们并不知道我没去应考，他们可能以为我做了那么多蠢事，至少会从学校毕业以作赎罪。他们似乎暗自期盼着我这家伙还有最后那么一点良心，我却彻底背叛了他们，压根儿没打算毕业。我身陷疯狂的地狱，不断欺骗信赖自己的人。接下来的两年，我一直住在那地狱之中。我一再向大哥泣诉明年一定会毕业，哀求他再给我一年的时间，却又一次背叛了他。那一年如此，隔一年亦复如此。我在满脑子寻死的念头中，疯狂地反省、自嘲与恐惧却都无法死去，全心投入号称是遗书的系列作品的写作中——假如真能写得出来。或许那些作品不过是幼稚而做作的感伤罢了，但我为那份感伤拼上了一切。我将写好的作品放在大纸袋里，总共收存了三四大袋，作品的数量越来越多。

我拿毛笔在纸袋上写下“晚年”二字，预备以它作为那些遗书的标题，意思是以此作为人生的终点。芝区的这栋空屋已经找到买主，我们不得不在那年早春搬了家。由于我迟迟没从学校毕业，故乡送来的钱少了许多，我们必须更加节省才行。我们搬到杉并区天沼三丁目某位朋友家的一个房间。这位朋友在报社工作，是个正直国民。我们在他家一起住了两年，受到许多照顾，也更让我没有动力非从学校毕业不可了。我像个傻子，一心一意只想完成那部作品集。因为担心遭受责备，我瞒骗那位朋友，也瞒骗 H 说自己明年就能毕业，因此我每星期都会有一天穿上制服出门，在学校图书馆随便借本书翻阅浏览，有时打起瞌睡，有时写些作品的草稿，直到傍晚才离开图书馆回到天沼。H 和那位朋友对我深信不疑。我强作镇定，私底下却很焦虑，一分一秒都紧张不已，急着在故乡还没停送生活费之前赶紧写完，可是实在办不到。我写了又撕，撕了又写。我连骨髓都被那个恶魔啃噬殆尽，不成人形了。

一年过去了。我终究没有毕业。兄长们勃然大怒，我还是老样子哭着骗他们说明年一定毕业。除此之外，我实在找不到其他借口请他们寄钱了。我对谁都难以启齿事情的真相，也不想制造共犯，浪荡子让我一个人来当就好。我相信如此一来，就不会让身边的人为难，受到连累。我实在说不出口自己还需要一年时间来写遗书这么荒唐的话。我痛恨被人看成是个自命清高、充满诗情画意的梦想家。若是我向兄长们坦承这么不切实际的事，他们就算想寄钱给我也办不到吧。万一他们得知了实情还继续寄钱给我，应该会被后世之人视为我的共犯。我不愿让他们成为共犯，只好变成一个奸诈狡猾的弟弟来欺骗哥哥。说起来像是盗贼之辈的歪理，但我是认真这样想。我还是一样每星期穿一次制服去学校。H 和在报社的朋友同样令人感动地深信我明年一定会毕业。我再也没有去路，一天一天都是黑暗的日子。

我不是坏人！骗人犹如身陷地狱。不久，我们搬到天沼一丁目。因为三丁目通勤不便，朋友在那年春天搬到了一丁目的市场里，就在荻洼车站附近。他邀我们一起搬过去，住进二楼的房间。我没有一天晚上睡得着，天天喝廉价酒，喉咙里充满痰液。

尽管猜测自己生病了，但根本无暇顾及，只想尽快整理好纸袋里的作品集。这虽是我自以为是的任性想法，但我很希望用它来向大家道歉，这是我唯一做得到的。那一年的晚秋，我终于写完了。我从二十几篇中仅挑出十四篇，把其他作品和无法完成的原稿一起烧掉了，数量足能装满一只行李箱。我拿到院子里烧掉，一张不剩。

“你为什么要烧掉呢？”那天晚上，H 突然问我。

“因为不要了。”我微笑着回答她。

“为什么要烧掉呢？”她又问了一次，并且哭了。

我开始收拾身边的东西，归还向他人借来的书籍，把书信和笔记本卖给了收破烂儿的，在写有“晚年”的那只纸袋里偷偷放进两封信。看来已经一切就绪。我每天晚上都出去喝廉价酒，唯恐见到 H。那时某位学友问我要不要出版同人杂志。我半开玩笑地告诉他，如果取名为《青花》杂志，我就愿意加入。岂料玩笑话竟然成真，各方文友齐聚一堂，我和其中两人很快结为好友。我在那里燃烧了所谓最后的青春热情。那是死亡前夕的狂舞。我们一起烂醉如泥，殴打那些低能的学生，把那些污秽的女人视若亲人般爱恋。H 没有发觉自己柜子里的衣物已经一件也不剩了。

纯文艺册子《青花》在那一年十二月出版了，但仅仅出刊一期，伙伴们就都散了。

他们无法接受这种没有目标的异样狂热。最后只剩三个人，大家笑我们是三个蠢蛋，然而我们三人成了一辈子的挚友，我更从另外两人身上学到了很多。

翌年三月，又是毕业的季节。我参加了某家报社的入社考试，想让住在一起的那位朋友还有 H 看到我兴高采烈准备毕业的模样。我说要当上新闻记者，平平凡凡地度过一生，听得他们哈哈大笑。明知谎言早晚会被揭穿，我打从心底害怕他们错愕，试图让这样平静的日子能多一天算一天，拼了命地圆一个又一个谎言。我总是陷入这样的窘境，然后被逼上寻死的绝路，但结局总是谎言被拆穿，让大家错愕万分、更加暴怒。尽管如此，我还是无法亲口说出扫兴的真相，让自己分分秒秒深陷虚伪的地狱。当然，我根本没打算进入报社，更不可能通过考试。貌似完美的瞒骗阵地，如今已面临敌军攻破防线的困境。我心想，是时候去死了。三月中旬，我独自去了镰仓。那是昭和十年。我企图在镰仓山自缢。

那是继闹出镰仓跳海的风波五年之后的事。我会游泳，不容易死在海里，改为选择听说肯定死得成的上吊。可惜，又失败了。我恢复呼吸，醒了过来。我顶着红肿得厉害、溃烂的脖子，茫然地回到天沼的家中。

我企图决定自己的命运，然而失败了。我踩着蹒跚的脚步回到家里，不曾见过的奇妙景象呈现在面前。H 在玄关轻抚着我的背，其他人纷纷安慰我回来就好、回来就好。我不知道该怎么面对这人生中的温柔时刻。大哥也从乡下赶了过来。虽然挨了大哥一顿臭骂，我仍然非常想念与仰慕这位大哥。我尝到有生以来不曾体验过的种种情感。

做梦也没想过的命运紧接着展开了。几天后，我腹痛剧烈难忍，一整晚没睡，不停地用热水袋敷着肚子，渐渐神志不清，H 找了医生来看诊。很快，我被裹在棉被里送上救护车，载往阿佐谷的外科医院，立刻进行了手术。结果是盲肠炎。由于延误就医，加上热水袋热敷导致病情恶化，腹膜流脓，增加了手术的难度。手术隔天，从喉咙里吐出许多血块，胸部的旧疾突然复发，我已是气若游丝。虽然连医生都明说我没救了，但罪孽深重的我竟然慢慢痊愈了。一个月后，腹部的伤口愈合了，不过我这个传染病患仍被转送到世田谷区经堂的内科医院。H 衣不解带地守在我身边照料，还笑着告诉我医生吩咐连接吻都不可以哦。那家医院的院长是大哥的朋友，对我特别关照，给了两间宽敞的病房，于是我把日常用品全都搬过来了。我从五月住到七月，当病房开始挂起白色的蚊帐，到了预防斑蚊叮咬的时节，我便在院长的指示下，到千叶县船桥町郊外的海岸边租下一户刚盖好的新屋住了进去。但是，我辜负了院长让我换到乡间疗养的美意。那是地狱般大动乱的起始。我在阿佐谷的外科医院时，养成了对麻醉药物成瘾的可怕恶习。起初医生是为了减少我伤口的疼痛，在早晚更换纱布时使用，不久之后，我不靠那种药物就会失眠，一旦失眠就痛苦不堪，于是每天晚上我都拜托医生给药。那里的医生总是和蔼地答应我的要求，并不在意那种药会对我的身体造成什么样的后果。转到内科医院之后，我照样执拗地央求院长，而院长通常每三次只有一次勉强答应。我求医生给药，不再是为了减轻肉体上的疼痛，而是为了消除自己的惭愧与焦躁。我没办法忍受那股空虚的寂寞。迁到船桥之后，我找了町里的诊所告知自己的失眠与成瘾症状，向医生强行索讨了那种药物。一阵子之后，更进一步强迫那名懦弱的诊所医生开立证明，让我得以直接向街上的药局购买药物。等到发觉事态不妙时，我已经成了一个悲惨的成瘾患者。首先面临的是缺钱的问题。那时候，大哥每个月给我九十元生活费，额外的临时支出大哥一概拒给。这是理所当然的。我从不曾努力报答大哥对我的疼爱，一次次任性地玩弄自己的生命。那一年秋天以后，偶尔出现在东京街头的我，已是个看起来有些肮脏、有些狂乱的疯人了。我永远忘不了，也非常清楚自己在那个时期种种可悲的丑态。我成了日本最丑陋的青年，来到东京只为了向人借个十元或二十元，甚至曾在杂志社编辑面前落泪，还因为缠着要钱而换来编辑的咒骂。在当时，我的稿子多多少少还能变现，住在阿佐谷的医院和经堂医院的那段日子，多亏几位朋友的奔走，我那只纸袋里的“遗书”得以有两三篇被发表在知名杂志上，得到的回应有辱骂，也有支持，然而这些言辞反而让我无法承受，在难堪与不安之下，药物成瘾的症状越发严重。我实在太痛苦了，以至于竟敢厚着脸皮来到杂志社要求会见编辑或社长，恳求通融预支稿费。自身的苦恼已令我无力招架，当然无暇顾及别人同样为了生存而奋斗的事实。那只纸袋里的作品已经全部卖光，一篇不剩，再没有其他文章能拿去卖了，我也不可能立刻写出新作。我已文思枯竭，连一个字都写不出来了。当时的文坛批评我“有才无德”，但我深信自己是“无才但有德之幼苗”。在我身上找不到所谓的文才，我是个只知道闷着头横冲直撞，其余什么都不懂的土包子。就像某些人坚守一宿一饭之恩的老派道德，到最后根本无法承受，自暴自弃地做出不知廉耻的行为。我来自一个极端保守的家庭，向人借钱已是十恶不赦，为了逃离欠债的罪恶，反而欠了更多债。我之所以药物成瘾，也是为了让自己忘记欠债的惭愧，结果用药量越来越大，付给药房的钱不断增加。我曾在大白天里抽抽噎噎走在银座街头，心里只有一个念头：我要钱！陆陆续续地，我从近二十个人那里几近强抢豪夺地借了钱。我还不能死，要把这些欠款全额偿还之后再去死。

人们不再理会我。搬到船桥一年后的昭和十一年秋天，我被送上一辆汽车，载到东京板桥区的某医院。过了一晚醒来，发现自己在脑科医院的一间病房里。

我在那里住了一个月左右，某个秋高气爽的午后，终于被允许出院了。我跟前来迎接的H两人一起坐上了汽车。

虽是睽违一个月的相逢，但两人都缄默无语。车子开了一段路之后，H终于开口说话了：

“你已经把药戒了吧？”她的语气中透着愠怒。

“我对未来什么都不相信。”我说出了住院期间唯一记得的一句话。

“是吗？”讲求实际的H似乎把我的话解读为金钱方面的含义，用力点头同意，“不可以太相信别人哦！”

“我连你也不相信呢！”

H露出了尴尬的表情。

船桥的住处在我住院期间无法继续承租，H搬到了杉并区天沼三丁目的公寓，我也跟着到那里落脚。有两家杂志社向我邀稿，出院的当晚我立刻动笔写稿。写完两部小说后，我拿着稿费去了热海，整整一个月毫无节制地喝得烂醉，完全不管接下来该怎么办。每个月向大哥领生活费的日子已经过了三年，住院前欠下的大量债务连一分钱都还没偿还。原本计划在热海完成一部精彩的小说，用那笔稿费偿还当时心里最在意的欠款，结果我由于无法忍受身边没人陪伴的凄凉，别说是写小说了，从早到晚只知道喝酒。深深觉得自己是个没用的男人。到了热海，债务反而有增无减。我做什么都不行，彻彻底底的失败者。

我回到天沼的公寓，把已经放弃一切希望且略带脏污的这副肉体扔向了床铺。

我已经二十九岁了，什么都没有，只剩一件宽袖棉袍，H也只有身上穿的那袭衣物。我想，这就是人生之路的尽头了。就这样仰赖大哥每个月送来的钱，像虫子一样默默地活着。

然而，那居然还算不上是人生之路的尽头。我做梦也没有想到，就在那一年的初春，竟然有位西洋画家来找我商量事情。他是我非常要好的朋友。听了他的话，我险些窒息。原来H已经犯下了悲哀的错误。我忽然想起H到那家不祥的医院接我出院后，我在车里随口说出一句十分抽象的话时她害怕的神情。我原本心里一直想着，虽然让H吃了很多苦，但是有生之年都要和她一起活下去。我向来不善表达情感，所以H和那个西洋画家都没有看出我内心的想法。西洋画家找我商量，我却什么忙也帮不上。我不想伤害任何人。三个人当中我年纪最大，至少我得冷静下来给出完美的指令，但是想归想，我还是因为过度震惊而不知所措、狼狈不堪，反倒让H和西洋画家瞧不起。我什么决定也做不了。不久，西洋画家逐渐开始逃避责任。我虽然痛苦，但还是很同情H。H好像已经打算轻生了。到了走投无路的时刻，我也打算去死。那就两个人一起死吧。

神明应该会宽恕我们的。

我们仿佛一对亲密兄妹似的出门旅行，目的地是水上温泉。那天晚上，两人上山自杀。我不能让H死去。我尽我所能不让她死去。H活了下来，我也同样彻底失败了。因为我们用的方法是仰药。

我们终究分手了。我再也没有勇气挽留H，就算被人说是被甩了也无妨。尽管我戴上所谓人道主义的面具假装坚强，随着日子一天天过去，却仿佛清晰地目睹了丑恶的地狱。H独自回到乡下的娘家，西洋画家断了音信，我一个人留在公寓里，过起自己煮饭的生活。我学会了喝烧酒，牙齿一颗颗掉落，变得面目可憎。我搬到公寓附近的廉价租屋。最下等的租屋。那里才是我的归属。依偎门畔抬眼望月影，奔于荒野伫立苍松下，这就是我向这个世界道别的最后一眼——我时常在四张半榻席大小的屋子里独饮，醉了就走出屋外倚在门柱上，低声哼唱着胡诌乱编的歌曲。除了两三个生死患难的挚友，谁也不理我，我也慢慢明白了世人对我的看法。我是个无知又骄傲的无赖，也是白痴，还是低等而狡猾的色狼，更是伪装成天才的骗子，顶着这多重的面貌奢侈度日，一缺钱就扬言自杀来吓唬乡下的亲友。我将贤淑的妻子视为猫狗，百般凌虐之后还把她赶了出去。非但如此，我还被世人用嘲笑、厌恶的态度谣传着种种传说，我完全被埋葬，受到如废人般的待遇。我察觉到世人的目光，所以连一步都不愿踏出屋外。在没有酒的夜里，嚼着烤盐米饼看侦探小说，是我小小的乐趣。没有任何一家杂志社、任何一家报社向我邀稿，而我也什么都不想写，什么也写不出来。早前生病时欠下的钱虽然没有债主来催讨，我却连晚上做梦都觉得痛苦。我已经三十岁了。

到底是什么样的转折点，让我变成这样？我必须活下去才行。难道这样的力量，来自老家的不幸？大哥一当选议员，马上就因为违反选举法而遭到起诉。我向来敬畏大哥严以律已的性格，他一定是遭到了身边小人的陷害。姐姐死了。甥儿死了。堂弟死了。我与家乡断绝音信已久，事后才辗转得知这些坏消息。在听到家乡接二连三的不幸之后，我慢慢撑起躺卧的虚弱身躯，坐了起来。多年来，庞大的家业使我感到可耻，富家少爷的称号形同弱点，令我自暴自弃。我从小就害怕这种不该享有的富裕生活。我自卑，我厌世，深信富家小孩命中注定迟早会下地狱。逃跑是卑鄙的。我努力像个罪孽深重的孩子，堂堂正正地死去。直到某天晚上我赫然发现，自己根本不是富家少爷，而是连一件像样衣服都没有的贱民。今年过后，老家大概不会再给我生活费，我的户籍也被迁了出来。更何况我出生成长的老家，目前正在不幸的谷底。我那令人尊敬、与生俱来的特权，已经消失殆尽，甚至变成负数。除此之外，我还察觉到另一个事实，亦是非说不可的重要转折点之一。那就是当我连寻死的气魄都丧失了，只能虚弱地躺在租屋里时，身体竟然神奇地逐渐强健起来。另外，我还可以列举诸如年龄、战争、史观的动摇、对怠惰的厌恶、对文学的谦虚、神是存在的等因素，但要用这些来解释一个人的转折点，似乎并不充足。即使心中期盼那种解释能够接近正确答案，也必定会嗅出谎言的气味。或许是因为人们在选择道路时，总是瞻前顾后。许多时候，人们在不知不觉中，误入一片相反方向的原野上。

直到三十岁那年的初夏，我才真正立志投入笔耕生涯。比起别人，我很晚才抱定这个志向。我在空无一物的四张半榻席大小的租屋里拼命写作。如果房东提供的晚饭还剩了些在饭桶里，我就会悄悄地捏成饭团，以备深夜工作肚子饿时拿来充饥。这回写的不是遗书，而是为了活下去才执笔。有位前辈给了勉励。即使所有的世人都憎恨我、嘲笑我，唯独这位作家前辈始终在背后支持我。我一定要回报这份珍贵的信任。不久，名为《姥舍》的作品完成了。我原原本本地写下与H到水上温泉寻死的经过。这部作品立刻售出了。那位编辑长久以来一直等待着我的作品。

我善加利用那份稿费，到当铺买了一套外出服穿上，踏上了旅程，抵达甲州的山里，准备在那边整理思绪，创作长篇小说。我在甲州住了整整一年，虽然没能完成长篇小说，但发表了超过十部短篇小说。来自各方的支持声音陆续传进耳里，我由衷地感受到文坛给予的温情暖意，不禁觉得，能够一辈子活在文坛的人是幸福的。

翌年，昭和十四年的正月，承蒙那位前辈做媒，我和一般人一样，与一位小姐相亲，然后结婚了。不对，这过程和一般人并不一样，因为我没花一分钱就完成了婚礼。婚后，我们在甲府市的郊区租下一户只有两个小房间的屋子住，每个月的租金是六元五十钱。我接连出版了两册文集，有了微薄的积蓄。一直挂在心上的债务开始慢慢偿还，但并不容易。那年初秋，我们搬到了东京市郊的三鹰町。这地方已经称不上是东京市了。我在东京市生活的时光，从荻洼的租屋开始，一直延续到拎着一只提箱出发前往甲州的那一刻，然后就中断了。

我现在是一介靠写稿挣钱的。即使外出旅行，不管住在什么样的旅社都能继续摇笔杆。这份职业虽有辛苦之处，但我鲜少提起。就算比从前的日子还要苦，我也会在脸上堆出微笑。我那些狐朋狗友说我变得庸俗了。武藏野的夕阳，每天都好大，滚烫烫地落下山。我在可以望见夕阳的三张榻席大小的房里盘腿而坐，吃着简素的饭菜，告诉妻子："我这样的男人既没办法出人头地，也赚不到大钱。但是，我会努力守护我们这个家！"说完那段话，我忽然想起了东京八景。过往的日子像走马灯一般在心口久久萦绕不去。

这里虽是东京市郊，不过附近的井之头公园亦是东京的著名景点，把武藏野的夕阳列为东京八景之一应该无妨。我开始翻阅自己心里的那本相簿，找寻另外七景。但是我真正要找寻的绝景，并不是东京的风景，而是在那片风景中的我。是绝景胜过我？还是我胜过绝景？结论，绝景就是我。

户冢的梅雨。本乡的黄昏。神田的祭典。柏木的初雪。

八丁堀的烟火。芝的圆月。天沼的秋蝉。银座的闪电。板桥脑科医院的大波斯菊。荻洼的朝雾。武藏野的夕阳。回忆中隐约可见一朵朵的花儿争相闪晃摇曳，不但难以取舍，也觉得刻意凑出八景是一种低俗的行为。日子就在犹豫中过去，今年春天和夏天，我又发现了另外二景。

今年四月四日，我拜访了住在小石川的大前辈 S 先生。五年前我生病时，S 先生很是忧心，到最后非常严厉地责备了我，将我逐出门下。今年正月我去向他拜年，致上歉意并感谢他的关怀，后来就没再去问安，直到那天邀请他担任挚友新书发布会的发起人，才又登门拜会。S 先生在家，接受了请托，我也向他请教了关于绘画以及芥川龙之介的文学。他还以一贯严肃的口吻告诉我："我曾反省过是否对你太严厉了，不过现在看来，确实起了良好的效果，我很欣慰。"我们一起搭乘汽车前往上野的美术馆参观西洋画展。多数画作都不值一提。我在一张画前停下了脚步。不久，S 先生来到我身边，凑上前去打量那张画作。

"真粗浅。"S 先生随口说道。

"还不够格。"我也直接批评。

那是曾和 H 在一起的那位西洋画家的作品。

我们离开美术馆，相偕前往茅场町参加电影《美丽的冲突》[①]的试映会，接着到银座喝茶，就这样待在一起玩了一整天。傍晚，S先生说要从新桥车站搭巴士回去，我也陪他走到了新桥车站。途中，我告诉S先生关于东京八景的写作计划。

“武藏野的夕阳，真的好大哟！”S先生站在新桥车站前的桥上，指向银座那边的桥，低声说道，“宛如一幅画哪……”

“是啊。”我也停了下来抬眼望去，仿佛喃喃自语般复诵了他的话，“宛如一幅画哪……”

比起正在欣赏的风景，我更想将远眺景色的S先生与自己这个被逐出门下的顽劣弟子，两人此时的身影，编入东京八景。

两个月后，我又喜获更加开心的一景。某天，妻子的妹妹寄来一封限时信，信中叮咛：“T明天就要出发了，听说可以在芝公园见他一面。明天早上九点请到芝公园，麻烦请姐夫代为向T传达我的心意。我是个傻瓜，连一句话

---

① 一九三八年上映的法国电影，原名*Conflit*。

都没向T表白。”内妹已经二十二岁，但是身形小巧，看起来还像个孩子。去年，她与T君相亲之后订婚。两人才订完婚，T君随即应召加入东京的某支连队。我也曾与身穿军服的T君见过一面，交谈了三十分钟左右，是个朝气洋溢的高尚青年。看来，他明天就要出发前往战地了。收到这封限时信还不到两个小时，妹妹又寄来了一封限时信，这一回写的是：“我仔细想了想，觉得刚才请姐夫帮忙的事太轻佻了，请什么都别告诉T，只要来送行就好。”我和妻子看了都忍不住笑起来，从信里就能看出她一个人忙得不可开交的模样。内妹从两三天前就到T君的父母家帮忙了。

隔天，我们起个大早去了芝公园，许许多多送行的人都来到了增上寺。我向一个身穿卡其色制服、匆匆钻过人群的老者探问，他说T君的部队会在寺院的大门前稍作停留，休息五分钟后立刻出发。我们走出寺院，站在大门前等待T君的部队。

不久，内妹也握着小旗子陪同T君的父母前来。这是我第一次见到T君的父母，由于双方还没有正式结为姻亲，不善交际的我并未恭敬地寒暄，只用眼神稍微示意问候，便看着内妹问道：

“怎么样，心情稳定下来了吗？”

“我很好呀！”内妹开朗地朝我笑着回答。

“怎么可以这样呢？”妻子皱起了眉头，“不可以这样笑嘻嘻的！”

来为T君送行的人非常多，在寺院的大门前竖立着六支写着T君名字的大旗帜。T君家工厂的男女工人也都放下工作前来送行。我没有和他们站在一起，独自一人远远地站在大门的角落，心里既羡慕又嫉妒。T君那边是有钱人家，我既缺牙，衣服也不像样，不仅没穿和服裙裤，连帽子都没戴，只是个贫穷的文人。T君的父母一定会把我看成未过门媳妇卑微的亲属。即使妹妹过来找我说话，我也赶她离开：“你是今天的主角，请陪在公公身边。”T君的部队迟迟没来。十点过了，十一点过了，到了十二点还是没出现。几辆女子学校的校外教学团搭乘的游览巴士从我眼前驶了过去。巴士门上贴有写着校名的纸张，也出现了故乡那所女子学校的名称。大哥的长女应该就在那所学校就读，或许就坐在车上。我暗暗自忖，或许侄女不经意地瞥了一眼那个傻愣地站在东京名胜增上寺大门前的男人，浑然不知那就是自己的笨叔叔呢。约莫二十辆巴士接连通过大门前时，每一辆巴士的女售票员总会指着我讲解起来。起初我装作若无其事，后来我也开始模仿巴尔扎克雕像，好整以暇地双手抱胸，摆起姿势来了。这么一摆，我觉得自己仿佛也变成东京名胜之一。接近下午一点，有人大声嚷叫："来了！来了！"满载士兵的卡车旋即抵达大门前。T君因为拥有驾驶达特桑[1]的技术，所以坐在那辆卡车的驾驶座上。我站在人群的后方茫然地望着他。

"姐夫……"不知道什么时候来到我身边的内妹轻轻唤了一声，用力从背后将我往前推。等我回过神来，从驾驶座上下来的T君很快就发现站在人群最后方的我，举起手向我敬了礼。我有那么一瞬间怀疑他在向谁行礼，看了看四周，确定了他是在向我敬礼，终于下定决心拨开人群，与内妹一起走到T君面前。

"这里的事不用担心。内妹虽然不聪明，但应该懂得遵守女人最重要的妇德。尽管放心，我们都会照顾她的。"我难得脸上没有一丝笑意，神情严肃地说道。看了看内妹的

① 日本日产汽车公司的前身，其后保留达特桑（DATSUN）作为车款名称。

表情，微微仰起的面庞同样透着些许紧张。T 君有点脸红，没有说话，再次举手敬了礼。

“你没有什么话要讲的吗？”我转而笑着问内妹，她低下头，只说了一句：

“不用了。”

部队很快就下令出发了。我再度悄悄地隐入人群跟着走，但还是被内妹推着来到驾驶座下方，旁边只站着 T 君的父母。

“请放心出发吧！”我大声说道。T 君的严父突然回头看着我，眼神中闪过一抹不悦，仿佛在抱怨打哪里来了这么一个多嘴的家伙。然而那个时候，我毫无惧色，因为心里很清楚，一个人的自尊乃是建立在种种痛苦万分的磨难之上。我虽然没有通过征兵体检，而且家徒四壁，但是此刻并不需要看任何人的脸色。于是，我这个“东京名胜”用更大的声音呐喊：

“这里的事不用担心哟！”

T 君和内妹的婚事万一遇到阻碍，我这人反正向来无法无天，根本不在意世俗眼光，必定要成为他们最坚强的支柱。

在得到增上寺大门这一景之后，我感到这部作品的构想已如一把拽满之弓，蓄势待发。几天后，我带着东京市的大地图、钢笔、墨水和稿纸，前往伊豆旅行。

抵达伊豆的温泉旅社之后，作品有什么进展吗？从踏上旅程到现在，十天已经过去了，我依然住在那家温泉旅社里。我到底在做什么呢？

《文学界》昭和十六年

归去来

我这辈子给许多人添了麻烦，往后大概也不例外。我就这样在众人的关爱之下，过着吊儿郎当的日子，今后或许照旧保持这副吊儿郎当的样子活下去。一想到自己恐怕直到死前都无法报答众人的大恩大德，不禁有些难受。

我确实受到了很多人的照顾。真的受到了非常多的照顾。

这次我打算只写北先生和中畑先生两个人，至于其他的大恩人，留待我的文笔有所进步时再依序撰述。现在我还写不好，一些烦琐的细节可能词不达意。相较之下，以目前的笔力，我有把握能够如实地转述北先生和中畑先生的事迹。因为一切都是清清楚楚的，没有模糊之处。实际上，描写生活严谨且真实存在的人，根本不需要多费心机，并且那些笔下的人物，也没有任何机会挑剔、纠正我精细而准确的叙述。

我的文字绝对不容丝毫虚假。

中畑先生和北先生同样五十岁上下，也许中畑先生年轻一两岁。先父非常疼爱中畑先生。距离我老家大约十二公里远的地方，有一座名为五所川原[1]的城镇，中畑先生就在那里一家经营多年的绸布庄当掌柜。老家常托他帮忙处理杂务。先父总是唤他“草木”。听说是因为中畑先生忠厚敦实，都快三十岁了还没有娶妻，先父才给他起了这个绰号。最后是由先父做媒，让他娶了我家远亲的一个好姑娘。中畑先生成家之后不久就离开了那家老铺，自己另营商号，绸布庄的生意蒸蒸日上，现在的他已是五所川原町一位德高望重的士绅。这十年来，我给这位中畑先生全家添了数不清的麻烦。还记得我十岁时，有一回自己去五所川原的姨母家玩。走在路上，突然有人大声喊我一声“阿修”，把我吓了一大跳。原来是中畑太太恰巧在那附近的绸布庄里瞧见我，于是出声唤我。由于这一声实在来得突然，我着

---

① 位于日本青森县中西部的城镇。

实吃了一惊。当时的我，并不晓得中畑先生其实在绸布庄工作。只见中畑先生坐在昏暗的店里，朝我拍了拍手，又招手要我进去，我却因为方才被大声喊了名字而觉得难为情，一溜儿烟地逃跑了。我的本名是修治。

像这样在没有心理准备的情况下被中畑先生叫唤的经验还有一次，那是在我上中学时，应该是在就读青森中学二年级的时候。那天早上我在上学途中，与一排士兵擦肩而过，冷不防被大喊一声“阿修”，我差点吓破了胆。原来扛着枪的中畑先生就在那支队伍里。他的军帽斜斜地戴在后脑勺上，可能正在接受预备兵的演习召集训练。我从没想过中畑先生会以士兵的身份出现在我面前，顿时不知所措。中畑先生和往常一样笑眯眯的，眼看着就要脱队朝我走来，我更是惊慌不已，整张脸涨红到了耳朵，二话不说就溜了，一边逃一边听见背后传来其他士兵的笑声。

这两段唤醒的回忆，我会永远珍藏在脑海里。

昭和五年，我到东京读大学，此后中畑先生更成了我生命中不可或缺的人。那个时候，中畑先生已是绸布庄的老板，每个月会到东京批货一趟，并且总会悄悄地来探望我。当时我和某个女人租房同居，与故乡的亲友断绝往来，我的老母亲便私下托请中畑先生暗中照顾我。承蒙中畑先生的深情厚谊，我和同居女友都曾任性地央他帮忙了许多事。我手头上有一段文字，最能直截了当地说明当时的情况。这是写在我的作品《虚构之春》结尾处的信文，当然是一封虚构的信。虽然里面描述的情况几乎都不是事实，但是大致氛围与实际情况相去不远。那篇文章是以某个人（绝不是中畑先生）写给我的信所组成，里面的事自然全是我编造出来的，实际上中畑先生从来不曾写过这种怪异的信给我。在引述以下段落之前，必须再三强调，所有的文字都是我自己捏造出来的“小说”。各位看过这段信文以后，就能了解我当时有多么嚣张，并且给大家造成了多少困扰。

日前（二十三日）按照令堂大人吩嘱，寄去新年所需的年糕与咸鱼一包，以及黄瓜一坛，您来信提到黄瓜尚未收到，请转告尊夫人，劳驾前往贵地火车站询问。以下容我叨述数句。过完年，我就四十四岁了，自十六岁那年秋天至今的二十八年间，承蒙津岛家不嫌弃，愿与这不识字的一介穷商往来。明知忠言逆耳，不惜汗颜伏地，亦请恕在下无礼进言。近日听闻您借钱旧癖复萌，还向素未谋面的名流人士开口借钱，卑如狗犬，苦苦哀求，即便遭拒亦不以为耻，振振有词辩驳借钱何错之有，只要他日依约奉还，既不增添对方困扰，亦可解己燃眉之急，何错之有？前些时候您甚至为此动怒，将火盆掷向尊夫人，从而砸破两扇玻璃窗。此段转述仅听至半数，已令我暗自垂泪，久久难止。

在您这位文学家眼中，贵族院议员、二等勋章之显赫家世形同迂腐，不值得引以为豪，但恳请别让令尊大人驾鹤仙去后独留只身一人的令堂大人忧伤，容许我替您袒护颜面。您说过，“家里完全视我如十恶不赦之徒，不仅断绝关系、移除户籍、逐出家乡，如今甚至恶意贬低，仿佛不如此就无法对亲朋好友交代”，由此可以感受到您的恨意。您刚被家人除名不久，此时想必以为令兄与令姊定将罗列罪状，望请切勿有此误会。不久前，嫁至山木田家的令姊菊子女士，亦曾由衷不忍您的遭遇。若以戏剧人物譬喻，我犹如接下了饰演政冈①的重要角色。若是厌恶之人，纵

① 日本歌舞伎《伽罗先代萩》剧中一位尽忠的乳母政冈，为了保护幼主鹤喜代幸免于难，不惜牺牲了自己的儿子千松。

使是东家主子，我也不愿这般掏心掏肺。不单是我，令姊菊子女士亦为了您，明知自身将受到婆家责难，仍然想方设法资助您。因此自今日起，务请千万勿再起心动念向他人借钱，万不得已之际，请与我联系。劝请尽量忍耐，此事若被令兄获知，后果不堪设想，本次由我暂时垫款之事，望请切勿外传。请恕再次强调，我不会对厌恶之人这般叨念。还请善加保重身体。

昭和十一年夏初，我第一本作品集出版，一群朋友为我在上野的精养轩举办了庆祝会。中畑先生恰巧在庆祝会的三天前来到东京，拨冗来探望我。我央求中畑先生置办当日出席的衣装，要求他备妥最上等的麻料和服、绣有家徽的外褂与夏季裙裤、窄幅腰带、长衬衣与白布袜，这令中畑先生十分为难，毕竟三天时间实在不够。中畑先生解释，裙裤和腰带倒是可以马上找到，但是和服与衬衣必须现在就去找布料量身缝制才行。我打断他的话，一股劲直嚷着一定做得出来、一定做得出来，瞧瞧人家三越那种大绸布庄，一天工夫就能缝制完成，只要找来十几二十个裁缝师合力赶工，马上就可以做出来了，在东京，没有办不到的事……我这个对裁缝一无所知的家伙，不知打哪儿来的自信讲得滔滔不绝。中烟先生没办法，只好说他试试看。第三天，亦即庆祝会的早晨，某家绸布庄送来我要求的所有品项，并且都是上等货。我想，今后再也没机会穿上那么高级的和服了。我穿上新衣服，出席了庆祝会。可惜的是，那件华丽的外褂穿起来简直像艺人，只好忍痛留在家里没穿出门。庆祝会结束后的隔天，我就把那些衣物全部送进当铺，到最后流当，终究没能赎回来。

虽然我极力邀请中烟先生和北先生务必参加庆祝会，但是他们两人都没出席，可能是因为客气，或是生意繁忙，无暇与会。我很想把这些好前辈与朋友们介绍给中烟先生和北先生认识，好让他们两位放心，这也许是我沾沾自喜。说不定中烟先生和北先生来参加庆祝会看了我的前辈和朋友以后，别说放心了，恐怕会对我的未来越发忧心忡忡。

一直以来，北先生十分为我操心。北先生在东京品川区经营一家西服店。他的西服店和一般的西服店大异其趣，店设在一栋普通的屋宅里，既没有招牌，也没有展示窗，他就这样带着两个资深的徒弟，在屋里的一个房间天天踩着缝纫机。北先生只为特定的主顾制作西服，也就是那些知晓富贵不能淫、性格桀骜不驯的知名人士。我的父亲以及兄长，只穿北先生缝制的西服。自从我到东京读大学，北先生就负责严格督导我，而我总是一再蒙骗北先生，做尽坏事，终于被押进北先生府上二楼就近监控，被迫当了一阵子吃闲饭的食客。故乡的兄长对我糜烂的生活大为震怒，经常停止寄送生活费以作惩罚，每一回都由北先生出面斡旋，商请兄长再资助我一年生活费。同居的女人与我分手的时候，也给北先生添了不少麻烦。北先生的恩惠，实在诉说不尽，如果要由衷逐一道来，至少得耗费二十部长篇小说的篇幅才写得完。而我依然吊儿郎当，凡事依赖北先生解决，连身边琐事都不愿自行处理。

三十岁的元月，我和妻子举行了婚礼，那时候也是由中畑先生和北先生帮忙张罗一切的。当时的我可以说是身无分文，连区区二十元的聘金也是向某位前辈借来的，更不用说婚礼的费用，就算把我榨干了也付不出来。那时我在甲府市租了一间小房子，原本的计划是婚礼当天就穿着平时的衣服前往东京那位前辈府上，在前辈家与新娘会合，由前辈为我们斟交杯酒，仪式结束后，新婚夫妻一同返回甲府。

我还邀请了北先生和中畑先生在那一天代替我的父母出席见证。当天早上，我从甲府出发，中午左右抵达前辈府上。我真的穿着一身平时的服装，没有理发，也没穿上应在正式场合穿的裙裤，不但两手空空，连钱包里也差不多是光光的。前辈正在书房里默默工作。那位前辈其实是 ×× 先生，但是 ×× 先生非常讨厌自己的名字出现在小说与散文里，因此这里刻意使用“前辈”这个有失尊敬的普通名词。前辈看来似乎不记得今天是我结婚的日子，他一面收拾稿纸，一面谈论院子里的树木。半晌，他才忽然想起似的告诉我：“你的和服送来了，是中畑先生送来的。看起来应该是很高级的和服呢。”

一袭是缀着家徽的黑色纺绸和服与裙裤，另一袭则是条纹丝绸和服。这完全出乎我的意料，顿时张口结舌。原以为今天只是从这位前辈手里接下交杯酒，然后就带着妻子回家了。不久，中畑先生和北先生笑着联袂而来。中畑先生穿的是国民服，而北先生则是晨礼服。

“快开始吧，快开始吧！”中畑先生急着催促众人各就各位。

那天的餐宴是正式的传统套餐，菜色中甚至有鲷鱼[①]。我换上了饰有家徽的和服，还拍了照片留念。

“修治先生，来一下。”

中畑先生带着我到隔壁房间，北先生已在房里等着我了。

他们两位要我坐下，接着也在我面前郑重落座，一同欠身致意，并且向我祝贺：“恭喜成婚！”

接着，中畑先生一脸正色地说道：

“今日这顿餐食是北先生和我为修治先生准备的一点心意，请放心收下这份小礼。粗茶淡饭，请别见怪。我们同样从令尊那一代承蒙关照至今，至少借此机会略报答恩惠。”

我永远不会忘记他们的这份大礼。

“全靠中畑先生一个人奔波张罗。”北先生总是将功劳归给中畑先生，“这些和服及裙裤，都是中畑先生到你亲戚家逐户登门拜访收集而来，然后拆卸开来重新缝制的。你得好好珍惜。”

我原定当天深夜带着妻子到新宿搭乘火车回家，老实

---

① 鲷鱼的日文发音近似“可喜可贺”之音，因此常作为喜庆场合的佳肴。

说，那时我身上只有两元左右。人穷的时候，钱这玩意儿没有就是没有。我原先的盘算是，万一逼不得已，就将那二十元的聘金索讨一半回来。十元足够买两张东京到甲府的车票。

走出前辈家时，我压低音量问了北先生："不知道能不能把聘金要一半回来？我指望着这笔钱乘车。"

北先生着实大发雷霆。

"听听你说的是什么话！这就是你最要不得的短处，居然动起这种歪脑筋来！这就是你最要不得的短处，根本一点也没有改进！怎么可以说出这种话呢！"说着，北先生从自己的钱包里抽出几张纸钞，悄悄塞给了我。

不过，当我在新宿车站准备买车票时，妻子的姐夫与姐姐先前已买妥我们的车票（二等车厢的车票），因此我不必再花钱了。

在月台上，我想把钱还给北先生，他只摆摆手说道：

"哎，饯别礼、饯别礼！"

这作风太潇洒了。

婚后生活于我并没有太大改变。一年后，我们离开甲府，搬到位于东京市外的三鹰町，租下一间屋子，屋内被隔成三个房间，分别是六张、四张半、三张榻席大小。我安安分分待在这个家写小说。两年后，女儿出生了[①]。北先生和中畑先生听到消息后都笑得合不拢嘴，还亲自送来上好的婴儿服作为贺礼。

如今北先生和中畑先生对我放心多了，不再像从前那样频频来访，耳提面命。

但是我觉得日子仍和过去一样苦闷，每一天都是煎熬，再加上与北先生和中畑先生阔别已久，更是寂寞，特别希望他们能够再来家里坐一坐。去年夏天的一个雨天，穿着长筒雨靴的北先生惊喜现身了。

我立刻请他到三鹰一家相熟的炸猪排店用餐。那里的一个女员工来到我们的桌位，在北先生面前称我为老师，这让我感到万分尴尬。北先生装作没看到我不知所措的模样，笑嘻嘻地问那个女员工："太宰老师对你们亲切吗？"女员工自然无从知晓眼前这位是我多年的监护人，随口回答一句："嗯，非常亲切哦。"听得一旁的我心里七上八下的。那天，北先生是来找我商量一件事的。其实比较准确

① 太宰治的长女园子于一九四一年六月诞生。

的说法并非商量，而是命令。他要我和他一起回故乡老家。我的故乡位于本州岛北端津轻平原中央，我已经十年不曾返家探亲了。十年前，我曾闹出一场风波，此后再也无颜回到故乡了。

“大哥已经原谅我了吗？”我们在炸猪排店里喝着啤酒聊天，“应该还没有原谅我吧。”

“基于令兄的立场，自然还无法原谅你，就当是我自作主张带你回去的。哎，没什么好担心的。”

“这可不妙啊。”我心情格外沉重，“要是不知羞耻地回到老家，结果在门前就被轰走，引起骚动，岂不等于自捅马蜂窝？我想，还是不要回去惹是生非比较好。”

“没有的事！”北先生自信满满地说道，“只要由我带你回去，不会有问题。恕我说句冒犯的，你想想看，令堂已经七十高龄，听说最近突然变得十分衰老，难讲什么时候会发生什么事。要是到时候你还和现在一样跟家里闹得那么僵，那就难办了。”

“您说得也是。”我顿时陷入低落心情。

“对吧？所以说，趁这个机会，我带你回去和家里的人叙叙旧。只要去过一趟，之后就算发生任何状况，你都无须顾忌，可以立刻赶回老家。”

“事情真能那么顺利吗？”我非常忧心。尽管北先生拍胸脯保证，我对这个归乡计划依旧彻底抱持悲观的看法，并有预感恐怕会引发相当严重的后果。毕竟这十年来，我在东京惹出多起丑闻，大哥根本不可能原谅我。

“别担心，包在我身上！”北先生信心十足，“你就当自己是柳生十兵卫，而我演的是大久保彦左卫门，令兄则是柳生但马守。这事我敢打包票，绝对没问题。即便令兄是但马守，也难以招架彦左卫门抡起武器的一记攻击！”①

“可是……最好还是别抡起武器攻击吧。我还没资格当柳生十兵卫，万一大久保彦左卫门贸然杀出去，后果恐怕不堪设想……”我这个软弱的柳生十兵卫难掩焦虑不安。

---

① 柳生十兵卫（柳生三严，江户时代剑术家，柳生宗矩之子）、大久保彦左卫门（大久保忠教，江户时代武将）、柳生但马守（柳生宗矩，江户时代剑术家，德川将军家的剑术与兵法指导者），这三人皆为实际存在的历史人物。但此处指的是小说家五味康佑以史实人物撰写的长篇历史小说《柳生英雄传》里的情节。柳生一族由于武艺高强，深受幕府将军德川家的信赖，坊间相传有三卷密文，里面藏有柳生家族企图推翻幕府政权的证据，引发各路人马积极追寻密文的下落，掌门人柳生宗矩因而必须率领家族对抗敌对势力。

生性严肃又脾气暴躁的大哥是我最畏惧的人，哪里是拿柳生但马守当比喻说说俏皮话，就能让我安心返乡的呢？

“责任由我负。”北先生语气肯定地说道，“无论结果如何，由我负起一切责任。请放心交给我彦左卫门去办，你只管搭上大船起航吧！”

事已至此，根本由不得我反对了。

北先生也是个急性子，立刻决定于隔天晚上七点搭乘从上野站出发的快车前往[①]。我把一切全交由北先生决定。当天晚上，我送走北先生后，自己到三鹰的咖啡馆喝得烂醉[②]。

翌日午后五点，我们在上野站会合，到地下楼层的餐厅吃了饭。北先生一身白色的麻料西服，我则穿铭仙绸的夏季和服，不过行囊里还多带了一套捻线绸的和服与裙裤备用。

“事情有一点变化。”我们喝着啤酒时，北先生告诉我。

---

① 太宰治于一九四一年八月回到阔别十年的故乡探亲。

② 当时日本有一种咖啡馆的营业性质比较接近风化业，主要提供酒类饮品。

他顿了一下，才又接着说道，“其实，令兄来到东京了。”

“他来东京了？那么，这趟旅行根本是白跑一趟。”我很失望。

“不，我认为这次的目的不是和令兄见面，只要能见到令堂，就没有遗憾了。”

“可是，趁家兄不在时踏进家门，似乎不怎么正大光明。”

“没那回事。我昨晚与令兄见面，已经向他提过了。”

“您告诉他要带修治回去吗？”

“不，我没告诉他。万一讲了，想必令兄一定会说：‘北君，此事欠妥。’他是一家之主，即使心里盼着你回去，却也不便亲口说出来。所以我昨晚见到他的时候什么都没提，提了肯定坏事。我只说自己要去东北办些事，准备搭明天七点的快车出发，或许会顺道前往位于津轻的贵府拜会。告诉他这些就够了。令兄不在家，对我们来说再好不过。”

“北先生告诉家兄要去青森玩，想必他很高兴吧？”

“是啊，令兄说要打电话回家吩咐家里人带我到处走走逛逛，被我婉拒了。”

北先生为人严谨，从以前到现在，连一次都不曾到过我老家做客。他非常厌恶让人做东道，或者麻烦别人帮忙。

“不知道家兄什么时候回去，该不会今天和我们搭同一班车吧……”

“没有的事。这可不能开玩笑。他这回还带了町长先生一起来，说是来办理有点棘手的公事。”

大哥经常来东京，但从不曾找我见面。

“就算回到老家，一想到无法见到家兄，也实在提不起劲。”我很想见到大哥，并且深深鞠躬，感谢他的照顾。

“怕什么，往后想和令兄见面多的是机会。现在该把握时间见面的是令堂，毕竟她已高龄七十，还是六十九？”

“这趟应该也可以见到祖母吧？我记得她老人家快要九十岁了。还有，我也很想念住在五所川原的姨母……”细想之下，我想念的人太多太多了。

“当然，一定可以见到大家的！”北先生说得斩钉截铁，给了我无比的勇气。

我越来越期待这趟归乡之旅了。好想念英治二哥，也很想探望几个姐姐。上次见到他们，已是十年前的事了。另外，我也很想看一看那个家，那个我出生成长的家。

我们搭上了七点出发的火车。在搭火车前，北先生给住在五所川原的中畑先生拍了一通电报：

“七点出发／北。”

中畑先生只要看到这几个字，大概就能明白是怎么回事了。北先生说这就是他们之间的默契。

“这趟带你回去的事，如果事前向中畑先生明讲，恐怕会让他为难。中畑先生会来五所川原的车站接我，但他并不知情，什么都不知道，看到你也来估计会吓一跳。我必须用这样的方式，否则事后他无法向令兄交代。届时令兄或许会责备他：‘中畑君既然明知修治要来，为何没有事先阻止他呢？’但若中畑先生是在不知情的状况下前来五所川原的车站接我，才发现真相而大为吃惊，不过既然人都大老远从东京来了，不妨回去探望一下老母亲——如此一来，中畑先生就不必负什么责任，一切后果都由我来承担。我既是大久保彦左卫门，就算惹柳生但马守生气也不在乎！”北先生对这复杂的状况解释了很久。

“可是，中畑先生其实知情吧？”

“我说，整个计划妙就妙在这里。七点出发。光是这几个字就够了。”这位大久保彦左卫门的深谋远虑，实在不是一介凡人能够领略的。总之，我把一切托付给北先生了，不可以对他的计划妄加批评。

我们搭的是二等车厢，车上满满的乘客。我和北先生好不容易才找到分隔在走道两边的座位，坐了下来。北先生戴上老花眼镜，气定神闲地看起了报纸。我拿起乔治·西默农[①]的侦探小说读了起来。我搭长途火车时，通常看的是侦探小说。在火车上实在没那个兴致读哲学书。

北先生把报纸递了过来。我接过来一看，原来是对我当时发表的长篇小说《新哈姆雷特》的书评，分成三段，在版面上占了颇大的篇幅。那篇文章是某位前辈充满善意的感想，实在过誉了。我和北先生默默地相视一笑，笑中带有同样的欣喜。

我有预感，这将是一趟美好的旅行。

抵达青森站时已经是隔天早晨八点了。虽是八月中旬，气温仍相当低。

外面下着如雾一般的毛毛雨。我们换搭奥羽干线的火车，买了盒餐。

---

① 乔治·西默农（Georges Simenon，一九〇三—一九八九），比利时裔法语推理作家。

“多少钱？”

“××钱！”

“什么？”

“××钱！”

我只听得懂最后一个字是“钱”，却听不懂他前面讲的是几十钱。我反复问了三次，总算听懂他说的是六十钱，顿时茫然不知所措。

“北先生，您听得懂刚才那个卖盒餐的人在说什么吗？”

北先生表情严肃地摇摇头。

“对吧？听不懂吧？连我也听不懂。我不是假装自己是地道的江户人故意这样问您的。我可是生在津轻、长在津轻的乡下人，刚到东京时满口的津轻腔，还被大家嘲笑了好一阵子。可是离开故乡十年后，突然听到纯正的津轻话，竟然听不懂了。连一个字都听不懂。人类真是入乡随俗的动物。过了十年，连家乡话都忘了。”这一刻，我仿佛发现了自己已经完全背叛故乡的明确证据，不禁紧张起来。

我开始竖起耳朵聆听车上乘客的交谈。听不懂。口音格外浓重。我专心细听，渐渐听懂了。一旦听懂了一小部分，接下来理解的速度就快得如同干冰蒸发的过程，根本来不及变成液态就直接从固体化为一团蒙蒙烟气。何况，我本来就是津轻人。我们在川部站换搭五能线的火车是十点左右，当抵达五所川原站时，您猜怎么着，已经没有我听不懂的津轻话了，全部听得清清楚楚的。不过，我还没把握自己能讲地道的津轻话。

中畑先生并没有来五所川原站接我们。

“他应该会来才对啊……”这位英勇的大久保彦左卫门，脸上也不由得现出失落。

我们出了票闸门，仔细看了这个小车站一圈，还是没有中畑先生的身影。继续走到车站前面的广场，看到的只有地面上的石块和马粪，以及两台破旧的公共马车而已。冷清的广场上，唯独我和这位大久保彦左卫门拎着行李，孤零零地站在这里。

“来啦！来啦！”这位大久保彦左卫门突然放声大喊。

一位高壮的男人笑着从镇上走了过来。是中畑先生。中畑先生看到我，一点也没露出惊讶的神情，只说了声欢迎。不愧是豁达之人。

“责任由我负。”北先生的语气甚至有几分得意，“接下来就万事拜托了。”

“了解、了解！”身穿和服的中畑先生，一派西乡隆盛的架势。

中畑先生带我们到了他家。姨母接到通知，踩着蹒跚的脚步赶来了。十年光阴，把姨母变成了一个矮小的老婆婆。她与我相视而坐，凝视着我的脸，泪流不止。从我小的时候，这位姨母就一直是我坚强的后盾。

我在中畑先生家换上了捻线绸的和服与裙裤。我出生的家位于一处叫作金木町的地方，距离五所川原町十二公里远。从五所川原站搭乘汽油火车从津轻平原的中央穿行而过一路北上，大约三十分钟之后就能到达那里。中午时分，中畑先生、北先生与我三人搭上汽油火车前往金木町。

映入眼帘的尽是稻田，淡淡的绿意。我有些意外津轻平原竟是如此样貌。去年秋天我造访新潟，顺道去了佐渡，日本海沿岸树木是非常浅的绿色，土壤则干涸偏白，连阳光都很微弱，让人觉得有气无力，就和眼前所见的这片原野一模一样。

想到自己在这片土地上成长嬉戏，却从未察觉到周遭景物的淡浅乏味竟是这般悲哀，心情不禁有些复杂。火车驶抵青森的时候还下着小雨，旋即放晴，此时甚至有微微的日光洒落。不过，仍有几分寒意。

“这一带的田地都属于令兄吧？”北先生语带调侃地笑着问我。

中畑先生从旁补充：“正是！”接着同样笑着说道，“放眼所见，统统都是！”

我觉得这话似乎有点夸大了。“可惜今年歉收。”

远远地，可以望见老家的红色大屋顶就在前方，于一片淡绿的稻海之中若隐若现。我不禁有些难为情，喃喃说道：

“比想象中来得小啊。”

“哪儿的话，”北先生用安慰我的口吻说道，“根本是大城堡！”

汽油火车缓缓前行，终于到了金木町。我定睛一看，英治二哥就站在票闸口，脸上还带着笑容。

暌违十年，我再次踏上故乡的土地。贫瘠的土地。感觉像是冻土。每年冬天，冻结的土壤总是深达地底数尺，到了这个时节，土壤便会膨胀泛白，从房屋、树木到土壤仿佛都被洗褪了色似的。路面既白又干，走在上面完全感觉不到弹性，让人觉得很不牢靠。

“上坟……”不知道是哪一位轻声说了这句话。仅仅两个字，大家就都明白意思了。我们四人默不作声，往前走进了寺院，并且为先父扫了墓。坟墓旁的那棵大栗树依旧如昔。

踏进老家的玄关时，我一颗心怦怦直跳，难受压抑。家里静悄悄的，像是寺院收受施舍物品的庶务处。每个房间都干净光洁，出乎我的意料。原以为这栋屋子已经相当老旧了，此时的感觉却是格外雅致，不会让人嫌弃。

二哥领着我们来到佛龛前。中畑先生将佛龛的门片全部敞开，我坐在佛龛前伏身祭拜。接着，我向大嫂请安。一个气质出众的女孩送上茶水，我以为是大哥的长女，笑着向她欠身致意，后来才知道其实是女佣。

背后传来了摩擦地面的脚步声。我非常紧张。是母亲！母亲在离我很远的位置坐了下来。我没有开口，只向母亲伏地行礼。等我抬起头来一看，母亲正在拭泪。

母亲已经变成一个小小的老婆婆了。

这时，背后再次传来了摩擦地面的脚步声。倏然间，我寒毛直竖，有股奇特的感觉（该说是不胜惶恐），提心吊胆地等候那位来者的出现。

“阿修，你回来了！”来者是祖母。她已高龄八十五，声如洪钟，比母亲更为老当益壮。“我一直很想念你。虽然从没跟其他人提起，但我一直想再见你一面！”

祖母个性十分开朗，直到现在，每晚必定喝杯酒。

午餐送了上来。

“喝吧。”英治二哥为我斟了啤酒。

“嗯。”我喝下了。

英治二哥从学校毕业以后就留在金木町帮助大哥打理家业，几年前才另立门户。在所有兄弟中，以英治二哥的体格最为壮硕，个性也最为豪爽，可是阔别十年重逢，他却变成身形瘦长、性情温和的人了。待在东京这十年来，我过的是与许多人斗争较劲的肮脏龌龊的生活，相比之下，二哥像是截然不同的高尚人种，面容给人的感觉也比较圆融。我恍然大悟，原来在骨肉至亲当中，唯独我一个变成了穷酸寒碜的卑贱丑男，不由得暗自苦笑。

“厕所呢？”我问道。英治二哥露出纳闷的神情。

“哎！”北先生笑了，“哪有人回到自己家还问这种事的？”

我起身出了房间。我当然知道客用厕所就在走廊尽头，只是觉得不应该在大哥出远门时，擅自在家里大摇大摆到处逛，所以才问了英治二哥一声，但英治二哥或许会觉得我是个惺惺作态的家伙。我将手洗干净之后，仍然站在原处眺望窗外的庭院好一会儿。一草一木都依然如昔。我很想把这个家的里里外外一寸不漏地看个仔细，还有好多好多地方很想再多看一眼，可是那样的要求太厚颜无耻了，只能通过这扇小窗，贪婪地将庭院的景致印入脑海里。

“池塘的睡莲今年足足开了三十二朵呢！”祖母洪亮的声音连在厕所这边也听得清清楚楚，“我可没骗人，真的开了三十二朵哟！”睡莲的话题祖母从刚才讲到了现在。

我们在下午四点左右离开了位于金木町的老家，搭乘轿车前往五所川原町。我已事先和北先生商量好，不要在家里待太久，以免惹出不愉快。所幸我们能够顺顺利利，也就是在一片和乐的气氛中，搭上轿车，车上有北先生、中畑先生、我，以及母亲。承蒙大嫂与英治二哥的好意，母亲和我们一起去了五所川原的姨母家。

我在姨母家住了一晚。从东京出发时，北先生和我原本已经计划好一起在我姨母家住一晚，隔天两人到浅虫温泉、十和田湖等地方游览观光，不料今天早上，北先生的家人从东京拍了电报到我金木町的老家通知一桩噩耗，因此他今晚必须搭上从青森站出发的快车赶回东京。电报上写的是隔壁邻居太太过世了。北先生嚷着糟糕了，邻居家境清寒，非得由他出面张罗葬礼不可，一定要马上赶回去才行。我们都明白这位顽固的大久保彦左卫门一旦打定主意，无论如何都要贯彻到底，因此没有再三挽留。大家在姨母家一起吃了晚饭，然后送北先生到五所川原站。一想到北先生接下来又得搭长途火车，想必非常疲累，心里真的很不舍。

那天晚上在姨母家，母亲、姨母和我三个自家人畅聊甚欢。我笑着描述妻子把位于三鹰家里的小院子辟出一片菜园，种上各种蔬菜，母亲和姨母听得非常高兴，频频点头，赞叹声不绝于耳。这时，我的津轻腔已经比较顺口了，但是遇到复杂的状况，仍然需要使用东京的标准语讲述。母亲和姨母并不明了我做的究竟是什么营生。我虽然向她们解释了稿费和版税，但她们似乎连一半都无法理解，甚至反问我：既然是做出书来卖给人家的生意，那不就是开书店吗？难道不是吗？我只好放弃进一步说明，回答说差不多就是那么回事吧。母亲又问，那收入大概多少呢？

我豪气地说，赚得多的时候，可以拿到五百元甚至上千元呢！母亲平静地继续问我，那笔钱要分给几个人呢？我顿时大失所望。看来，母亲依然一心认定我的工作是经营书店。话说回来，无论是稿费还是版税，都不应该当成凭一己之力赚得的，而应该视为众人通力合作的成果，所以或许和大家均分才是正确的做法。

母亲和姨母似乎依旧不相信我的实力。我不禁焦急起来，尽管非常难为情，仍旧不顾一切地立刻从怀里掏出钱包，在她们两人眼前的桌面摆上两张十元纸钞，说道：

“请收下吧！看是捐香油钱还是用在什么地方都随意。我有很多钱。这是我自己赚来的钱，请收下吧！”

母亲和姨母互看一眼，同时扑哧而笑。两人拗不过我，只好收下了。母亲把那张纸钞收进自己的大钱包里，接着从钱包中取出一封礼金袋给了我。后来，我打开那封礼金袋一看，里面的金额几乎等同于我写一百张稿纸的费用。

翌日，我和大家道别，前往位于青森的亲戚家住了一晚，之后什么地方也没去，逃也似的回到了东京。这睽违十年的归乡之旅，故乡的人事景物，我只匆匆瞥了一眼而已。不知道往后是否还有机会让我慢慢重温旧景。万一母亲撒手人寰，我虽有借口得以再次重返故乡，然而这个理由未免太令人哀伤了。

我在结束那趟旅行的两个月后，某一天偶然在街上遇到了北先生。他脸色惨白，相当衰弱。

“您瘦了好多，怎么了？”

“是啊，我患了盲肠炎。”

北先生说，他那一晚从青森搭上快车赶回东京，一到东京肚子就开始疼了。

“真糟糕！一定是太累的缘故。”我也曾经罹患盲肠炎，从那次经验得知过度劳累是导致盲肠炎发病的原因之一。“北先生那趟来回简直是强行军。”

北先生脸上泛起微微的苦笑。我心里难受极了。一切都怪我不好。我的作恶多端，至少害北先生减寿了十年。然而我照旧一副吊儿郎当的样子，忝活于世间。

《八云》昭和十八年

故乡

去年夏天，我回到阔别十年的故乡。我把那趟旅程的经历于今年秋天写成四十一页的短文，附上《归去来》的标题，交给某本季刊的编辑部了。送出稿子后不久，那篇散文的主角北先生与中畑先生相偕来到位于三鹰的敝宅，告知我家母在故乡陷入病危的消息。我已经预想到恐怕就在这五六年之内会接到这样的噩耗，却没有料到这一天来得那么快。去年夏天，北先生带我回到了睽违十年的故乡老家，大哥那天不在，我只见到了英治二哥、大嫂、侄子、侄女，以及祖母与母亲。母亲已六十九岁，看起来相当衰老，走路颤颤巍巍的，但是当时绝没生病。我敢断定母亲必然还能再活个五六年，甚至贪心地祈求她能活上十年。我尽力将那趟旅程中的点点滴滴，翔实记入《归去来》这篇小说里。总之，因为当时状况使然，我只能在老家短暂停留三四个小时。我在那篇小说结尾处写了大意如下的文字：我好想在故乡到处走走看看，还有许许多多的地方都想去看一看，但是我最后只匆匆瞥了一眼故乡而已。不知道下一次重温故乡的山河是什么时候了。万一母亲撒手人寰，我也许有借口得以再次返回家乡，到处走走看看，然而这个理由未免太令人哀伤了。

可是我万万没有想到，这份稿子才交出去，“重温故乡风景的机会”居然来得这么快。

“这次的责任同样由我一肩扛下！”北先生紧张地说，“快把夫人和孩子一起带去！”

去年夏天的那趟旅程，北先生只带了我一个人回去。这一次，他不仅要带我，还要把我的妻子与园子（我那一岁零四个月大的女儿）都一起带回去。我已在那篇《归去来》中详细介绍过北先生和中畑先生了。北先生在东京经营西服店，中畑先生在我的故乡开设绸布庄，两位都与我老家有着多年往来的情谊。纵使我一而再，再而三，不，应该说是做了数不尽的坏事，被家里断绝往来，他们两位仍然大发善心，长久以来照顾我，并且从不嫌弃。去年夏天，北先生和中畑先生也是明知会受到我大哥的责备，仍然合力为我策划了那趟睽违十年的返乡之旅。

“可是，这么做真的没关系吗？要是带着妻子和小孩回去，在门口就被轰出去，太丢脸了。”我总是往坏处想。

“不必担心。”两人异口同声否定了我的推测。

“去年夏天的那一趟，后来怎么样了？”小心翼翼又战战兢兢，大概属于我的个性之一，“两位事后有没有受到文治大哥（长兄的名字）的责备呢？北先生，您说呢？”

“这个嘛，站在令兄的立场，”北先生很谨慎地选择回答的一字一句，“毕竟这次家里亲朋好友都在，他不可能对你说‘回来就好’这样的话。不过，既然由我带你们回去，应该没有问题。去年夏天那一趟也是，后来我在东京见到令兄，他只对我说了一句‘北君，你还真有心机’，一点也没生我的气。”

“这样啊。那么中畑先生您这边呢？有没有受到家兄的责备呢？”

“没有。”中畑先生抬起头说道，“令兄连一个字都没有对我说。过去每当我帮你做了些什么，事后令兄一定会调侃我几句，唯独去年夏天那件事，令兄什么也没有提起。”

“我知道了。”我安心一些了，“倘若不会给二位添麻烦，希望可以带我们回去。我当然想见母亲，况且去年夏天也没能见到文治大哥，这回非得见上一面不可。二位答应带我们回去，我自然由衷感激，可是不知道妻子愿不愿意一起去。毕竟这是她第一次和夫家的亲人见面，总得穿上和服好好打扮一番，还得应付一些繁文缛节，或许会有些辛苦。这就得请北先生帮忙说服她了。要是由我说，她肯定会嘀嘀咕咕发牢骚。”说完，我把妻子唤了进来。

结果出乎我意料。北先生把我母亲病危的情况告诉妻子，并说想让母亲见园子一面，妻子一听完，随即双手平伏在榻席上说道：

“万事拜托了。”

北先生转过来问我：

“什么时候动身呢？”

我决定于二十七日出发。两位来家里告知的那一天是十月二十日。

接下来的一个星期，妻子为了张罗返乡之旅忙得晕头转向，连内妹也从娘家赶来帮忙了，有许多东西都不得不添购，我都快破产了。家里只有什么都不懂的园子摇摇晃晃地满屋子兜来转去。

二十七日晚上七点，我们搭乘由上野站出发的快车，车上满满的乘客。我们足足站了五个钟头，直到原町才有位置坐下。

“母病重／等太宰速归／中畑。”

北先生给我看了这封电报。这是先行回到故乡的中畑先生于今天早上拍给北先生的电报。

翌日早晨八点，我们抵达青森，立刻换乘奥羽干线的火车，在一处名为川部的车站再换搭开往五所川原的火车。从这一带开始，火车的左右两旁都是苹果园。看来，今年的苹果将大丰收。

“哇，真美！”妻子瞪大了因睡眠不足而布满血丝的眼睛，“我一直想看苹果成熟的景象。”

红得发亮的苹果近在眼前，几乎伸手可及。

十一点左右，我们到了五所川原站。中畑先生的女儿来车站接我们。中畑先生家就在五所川原町这里。我们先到中畑先生家休息一下，妻子和园子换上漂亮的衣服，接着再按照计划前往位于金木町的老家。金木町位于五所川原町的北部，需乘坐火车沿着津轻铁路行驶四十分钟。

我们在中畑先生家享用午餐，听他巨细靡遗地转述母亲的现况。听起来几乎已陷入病危了。

“谢谢你们来了。”中畑先生反倒向我们致谢，“我左等右等，心里直嘀咕你们什么时候才到，这下总算放心了。令堂虽然嘴里不说，似乎一直等着你们来哦。”

我脑海中倏然闪现了《圣经》一则“浪子回头”[①]的比喻。

吃完午餐准备出发时，北先生以略显强硬的口吻对我说道：

“依我看，还是先别把行李箱带过去了，你说是吧？毕竟你还没有得到令兄的原谅，要是提着行李箱回老家，未免太……”

“好的。”

于是我把行李全部寄放在中畑先生家里。因为北先生

---

① 典出《路加福音》，大意是两兄弟中的小儿子向父亲要求分得家产，小儿子带着家产到远方挥霍一空后决定回家，父亲不计前嫌欣喜欢迎小儿子归来，并劝慰始终留在家中的大儿子无须嫉妒，因为小儿子是失而复得的，但大儿子常与父亲同在，因此父亲的一切都属于大儿子。

警告过我，这趟回去，说不定令兄依然不答应让我见病重的母亲。

最后，我们只拎着园子的尿布袋，搭上驶往金木町的火车。中畑先生也陪我们一道去。

随着时间一分一秒过去，我的心情越发忧郁。我身边的每一位都是好人，连一个坏人也没有，单单我一个过去做了些不体面的事，到现在依旧缺乏聪明睿智，只是个恶评如潮、贫穷困顿的文人，这才惹出这般尴尬的局面。

“这地方的风景真美。”妻子眺望着窗外的津轻平原说道，“这片土地比我想象中更让人心旷神怡。”

“你觉得是那样吗？”稻子已经收割完毕，满目稻田呈现浓浓的冬意，“我可不这么认为。”

此时的我，并不觉得故乡足以自豪，只感到痛苦难当。去年夏天的故乡并不是这样的，放眼望去，十年久别的一景一物，处处令我雀跃不已。

“那座是岩木山，由于山形和富士山相像，又叫作津轻富士。”我苦笑着讲给妻子听，平铺直叙，没有丝毫热情，“这边低矮的山脉叫作梵珠山，那边的是马秃山。”这样的介绍相当潦草马虎，敷衍了事。

我告诉妻子，这里就是我出生的地方，再走个四五百米就是某处云云。我有些得意地对她描述“梅川忠兵卫[①]之新口村[②]”那一幕赚人热泪的戏码，并说我这个忠兵卫和戏里的不一样，动不动就乱发脾气。说着说着，我隐约瞥见了在稻田后面的红色屋顶。

“那里就是……”我本来要告诉妻子那里就是我家，转念一想并不妥，立刻改口为“我大哥家”。

但是，那其实是寺院的屋顶。我老家的屋顶应该是右边那个。

“不对、不对，右边那个比较大的才对！”我真是太荒唐了。

火车抵达了金木町站。小侄女和一个年轻漂亮的女孩来接我们了。

“那个女孩是谁呀？”妻子低声问我。

---

① 妓女梅川以及邮递货运业者龟屋忠兵卫，为近松门左卫门所写的净琉璃剧目《冥途信使》中的男女主角。
② 净琉璃《冥途信使》三幕剧的第三幕。忠兵卫盗用公款后，带着情妇梅川回到故乡新口村，父子俩各有顾忌，无法当面相见，躲在屋内的忠兵卫只能远远地朝着在雨中的老父痛泣跪别。

“大概是女佣吧？不必特地向她问好。”去年夏天我曾经闹过笑话，把另一个和眼前这女孩年纪相仿、气质优雅的女佣，误认成大哥的长女，很有礼貌地向她伏身问候，等到弄清楚之后觉得很不好意思，所以这次特别提醒妻子，以免和我闹出同样的笑话。

这个小侄女是大哥的次女，去年夏天第一次见到她，今年八岁了。

“小繁！”我唤了一声，小繁笑得天真灿烂。我稍稍松了一口气。全家上下，唯独这个孩子不知道我的过去。

我们进了家门。中畑先生和北先生立刻去二楼大哥的房间。我带着妻子来到佛龛前祭拜，接着进入名为“常居”的自家人小客厅，坐在角落。大嫂和二嫂都对我们笑脸相迎，祖母也在女佣搀扶下到来。祖母高龄八十六，虽然有些耳背，仍然神采奕奕。妻子多次试着让园子向大家鞠躬行礼，可园子说什么都不肯，只管踩着摇摇晃晃的步伐满屋子乱逛，大家都忙着护住，深怕她跌跤。

大哥出现了。只见他快步穿过这个房间，去了隔壁房间。他气色很差，瘦骨嶙峋，神情严峻。隔壁房间同样来了一位客人探视病母。那位客人与大哥聊了一会儿，很快就告辞了。大哥接着来到“常居”，不等我开口，大哥已先双手平伏在榻席上，微微欠身致意。

“一直以来让您操心了。”我浑身紧张地同样平伏回礼，并且告诉妻子，“这位就是文治大哥。”

妻子还来不及问安，大哥已先向妻子欠身了。我一颗心始终悬在半空中。致意完毕，大哥旋即起身上了二楼。

我满腹狐疑，不禁往坏处猜测，该不会事情起了变化吧？大哥从以前就是这样，一旦心情不好，向人问候时总是毕恭毕敬行礼，态度特别冷淡。北先生和中畑先生自从上楼之后，到现在还没下来。难道北先生为我求情的任务失败了吗？一想到这里，我忽然惶恐不安，惧怕得心突突直跳。大嫂满面笑容地出来催我们过去：“快过来！”

我放下心中大石，站起身来。能够见到母亲了。大哥前嫌尽弃，同意让我与母亲见面了。唉，我根本穷紧张。

我们沿着走廊前往时，大嫂告诉我们：

“母亲从两三天前就盼着你们来，真的等了好久。”

母亲在一间主房旁的小屋里养病，小屋约有十张榻席大。只见宛如枯草般羸弱的母亲躺在一张大床上，所幸意识还很清醒。

“终于来了！”母亲说道。妻子向第一次见面的母亲请安，母亲努力从枕上抬起头来点了头。我抱着园子把她的小手搁在母亲瘦瘠的掌心，母亲手指发颤地握住了。住在五所川原的姨母在枕畔微笑着拭泪。

病房里挤着许多人。除了姨母之外，还有两名护士、我大姐、二嫂、亲戚老太太等。我带着妻女到旁边的六张榻席大的休息室与大家寒暄。大家都说修治（我的本名）一点也没变，现在圆润了些看起来更年轻了。幸好园子丝毫不怕生，见了谁都笑。众人围着火盆而坐，开始压低声音聊起天来，我也渐渐放松下来。

“这一趟来，可以多待几天吧？”

“我也不确定，说不定和去年一样，停留两三个小时就得告辞了。北先生建议我那样做才妥当。我觉得凡事按照北先生说的去做比较好。”

“可是，母亲的状况那么差，你真能就这样看一看就走吗？”

“总之，得先找北先生商量完才能决定……”

“没必要事事都听北先生的吧。”

“还是得尊重北先生的意见才好。毕竟一直以来，北先生对我照顾有加。”

“话是这么说，不过，北先生总不至于……”

“反正，我必须和北先生商量商量，听他的意见绝错不了。北先生好像还在二楼和大哥谈话，该不会有什么棘手的问题吧？我们一家三口没有得到大哥的允许，就这样厚着脸皮闯了进来……”

“用不着多虑吧。听说英治（二哥的名字）不是寄了限时专送，要你马上赶回来吗？”

“二哥是什么时候寄的信？我们没收到啊？”

“咦，我们还以为你是收到那封限时专送才回来的呢……”

“那可糟了！一定是我们出发后，信才寄到。糟糕，现在这情况简直像是北先生多管闲事强出头。”我总算弄清楚眼下的状况了，心想自己的运气实在差。

“这样很好呀，还是尽早赶回来才好嘛。”

虽然听到了安慰，但我还是很沮丧，更觉得对不起北先生，害他扔下生意不管，专程陪我们跑这一趟。此外，兄长们特意借此恰当的时机叫我回家，怎料却阴错阳差，此刻想必也很气恼。

先前来车站接我们的那个年轻女孩进来房间，笑着向我鞠躬问安。我又出纰漏了。这次是因为我疑神疑鬼才出错的。这女孩根本不是女佣，而是大姐的女儿。当年我还看着她长到七八岁，那时候是个小黑妞，没想到竟出落得身形苗条又气质出众，简直判若两人。

“这是小光呀！”姨母也笑着告诉我，“已经变成一个很漂亮的女孩了，对吧？”

“真的变漂亮了！”我认真地回答，“皮肤变白了。”

大家都笑了，我的心情也随之放松了些。这时，我忽然看到在隔壁房间的母亲虚弱地张开嘴喘了几口粗气，抬起一只瘦弱的手，仿佛驱赶苍蝇般在空中扬了一下。我觉得不对劲，起身走到母亲床边。其他人同样满面忧心，纷纷聚到母亲枕畔。

“夫人经常身体不舒服。”小声解释后，护士将手探进棉被底下，不停摩挲着母亲的身体。我在枕畔蹲下来问母亲哪里不舒服。母亲只轻轻地摇了头。

“您得坚持下去！一定要看着园子长大才行啊！”我忍着难为情向母亲喊话。

忽然间，亲戚老太太牵起我的手握住了母亲的手。我不是用一只手握住，而是用双手兜拢住母亲那冰冷的手为她焐暖。亲戚老太太把脸埋在母亲的棉被上哭了。姨母和阿崇嫂子（二嫂的名字）也跟着哭了起来。我抿着嘴强忍泪意，努力了一会儿，实在忍不下去，于是悄悄离开母亲身旁，来到走廊。我沿着走廊进了一个西式房间。房里很冷，空荡荡的。白墙上挂着罂粟花的油画以及裸女的油画。壁炉台上孤零零地摆着一只雕工拙劣的木雕。沙发上铺着豹皮。椅子、桌子和地毯都和往昔一样。我在这个西式房间里绕了又绕，不断告诫自己此刻淌下的泪水只显得虚情假意，于是试图不让自己哭出来。一个儿子默默躲进西式房间里独自啜泣，俨然一副事母至孝的模样——假惺惺！根本是故意表演给别人看的！简直是刻意赚人热泪的电影！活到了三十四岁，现在才想假装修治其实是个贴心的好儿子？少演这种烂戏啦！怎么可能到这个节骨眼才突然变成一个孝顺儿子嘛！少来了，事到如今才想当个回头浪子？现在哭出来就是骗人的！这眼泪是虚假的！我袖着手，在房间里绕了一圈又一圈，在心里一再这样告诉自己，然而，呜咽声快要夺喉而出了。我实在受不了了。我忙着抽烟、忙着擤鼻，千方百计坚持住，总算没让任何一滴眼泪从眼眶滚落下来。

天黑了。我没有回到母亲的病房，静静地躺在西式房间的沙发上。这个在主房旁的小屋里的西式房间目前好像没人用了，拧了电灯开关也不亮。我独自待在这寒冷漆黑的房间里。北先生和中畑先生都没有来小屋这边。他们在忙什么呢？妻子和园子好像还在母亲的病房里。今晚，我们一家三口接下来该何去何从？根据北先生的建议，起初的计划是探完病立刻离开金木町，当天晚上到五所川原的姨母家住一晚，可是母亲的状况这么差，如果还是照原定计划立刻离开，是不是反倒落人口舌呢？我急着想赶紧找到北先生。北先生究竟在哪里？是不是和大哥谈得并不顺利，发生口角了？我觉得自己没有了容身之地。

妻子踏进了黑暗中的西式房间。

“欸，这样会感冒哪！”

“园子呢？”

“睡了。”妻子说让她睡在病房旁的休息室了。

“不要紧吗？该不会受凉吧？”

“嗯，姨母拿来毛毯借我，给孩子盖上了。”

“你还好吧？大家对待我们都很亲切吧。”

“是呀。”然而，妻子同样显得不安，“我们接下来该怎么办呢？”

“我不知道。”

“今天晚上要睡在哪里？”

“这件事问我也没用，一切都得听从北先生的指示。十年来，我已经习惯听北先生的了，要是没通过北先生居中协调而直接和大哥商讨，会闹出事情的。一定会引发风波。你还不懂吗？我现在在这个家，连开口说话的权利都没有，即使带个行李箱来都不可以。”

“听起来似乎对北先生有点恨意。”

“胡说！北先生的关怀，我点滴在心。不过，有北先生夹在中间，我和大哥的关系确实也变得比较复杂。我们一定要顾及北先生的面子，况且事情从头到尾都不是任何人的错……”

“说得也是。”妻子听完明白多了，“那时觉得北先生好意带我们来，拒绝的话不好意思，所以才带上园子一起来，但是如果因为这样反而给北先生添了麻烦，我可就过意不去了。”

“你说得也有道理。给别人帮忙真不是件容易的事。况且我又是个问题人物，更是棘手。说起来，北先生这回简直是吃力不讨好，风尘仆仆地来到这么远的地方，要是既没有得到我们的感激，也没有得到哥哥他们的感谢，不就等于白忙一场了？至少我们夫妻得设法保住北先生的面子，问题是我们根本自身难保。万一冒失多嘴，反而会闹得更僵。我看，还是暂时顺其自然，静观其变吧。你去病房帮母亲按摩按摩腿还是什么的吧。现在只担心母亲的病情就好，其他事别多想了。”

然而，妻子并未立刻离开，依旧低着头站在黑暗之中。我心想，要是被人看到我们两个待在暗房里实在不妥，于是从沙发上起身，到了走廊。寒气逼人。这里是本州的北端。我站在走廊的玻璃门前仰望天空，连一颗星星也看不到，只有一片漆黑。不知道为什么，我突然非常想工作。好，做吧！就保持这样的心境！这时大嫂来找我们了。

“哎呀，原来你们在这里！”她用嘹亮的嗓音发出惊呼，“吃饭喽！美知子也快过来。”大嫂似乎已经不再提防，当我们是自己人了。我非常感动于大嫂的信任，心想往后可以尽管找大嫂商量事情了。

大嫂带我们来到主房里放置佛龛的房间。坐在壁龛前的是家住五所川原的先生（姨母的养子）以及北先生和中烟先生，他们对面摆着七张食案，这是大哥、二哥、我和美知子等人的座位。

“我们错过那封限时专送了。”我一见到二哥立刻脱口告知。二哥点了点头。

北先生无精打采，眉头深锁。他向来喜欢在酒席上炒热气氛，因此那天晚上的闷闷不乐越发引起我的注意。我敢肯定一定是发生了什么状况。

所幸席上那位住在五所川原的先生有些醉意，格外兴奋，活跃了酒席的气氛。

我伸长手为大哥和二哥斟上酒，决定不再多想两位兄长是否原谅我了。我这辈子都不可能得到他们的宽恕，并且应该放弃试图得到宽恕的天真想法。真正的关键在于，我是否敬爱两位兄长。被爱的人有福。只要我爱两位兄长就行。抛开奢望，别再打如意算盘了。——我兀自喝了一杯又一杯，持续这种无谓的自问自答。

北先生当天到五所川原的姨母家过夜，可能是顾及金木町这边家里忙着照顾病人。总之，他决定住到五所川原那边。我送北先生去车站。

“谢谢您，一切多亏您大力帮忙！”我向北先生由衷致谢。送走了北先生让我不知所措，接下来没有人指点我该怎么做了。“我们今天晚上真的可以在金木町这边住下吗？”我把握最后机会，征询北先生的意见。

“应该没问题吧。”或许是我多心，他的语气似乎有点客套，“毕竟令堂的状况并不好。”

“那么，如果我们希望在金木町这里多住个两三天……会不会太厚脸皮了？”

“这要看令堂的状况了。总之，明天再通电话商量吧。”

“北先生您的行程呢？”

“我明天就回东京。”

“太辛苦了，您去年夏天也是当天赶回去的。我们出发前就准备好这回一定要带您到青森附近的温泉乡游览一番。”

“不了，令堂的状况那么差，现在怎么可以去温泉乡玩呢。老实说，我没想到令堂的病情这么严重，真的没有想到。你帮我代垫的火车票钱，稍后算清楚金额再还给你。”北先生突然提起搭乘火车的费用，我顿时慌了手脚。

“怎么可以！连您回去的车票都必须由我帮您买才行！那点小事请不要费心。”

“不行，钱的事还是明算账才好。你们寄放在中畑先生家的行李，明天就麻烦中畑先生帮忙送到金木町的府上吧。我的任务就到此结束了。”他在漆黑的路上迈开大步前行。“车站往这边去，对吧？不必再送了，真的请回吧。”

“北先生！”我快走两三步追了上去，“是不是我大哥说了您什么？”

“没有。”北先生放慢了脚步，语气中透着万千感慨，“别再多虑了。今天晚上我很开心。当我看到文治先生、英治先生和你，这么杰出的三位公子并肩坐在一起，高兴得几乎要掉下泪来。我别无所求，心满意足了。你应该很清楚，我做这些事，从来不是为了拿到一分一毫的报酬吧？我只是很想看到你们三弟兄坐在一起而已。我很满足，太开心了！修治，你往后得好好振作，我们这些老人不该再继续插手了。”

送走北先生之后，我回到家里。一想到今后无法再仰仗北先生，而必须面对面和两位兄长商量事情，心中的惧怕大于欣喜。自卑与不安占据了我的心，唯恐自己日后还会丑态百出，又要惹兄长们生气了。

家里来了许多探病的客人。我避开那些来客的视线，从厨房的便门溜了进去。

走向病房的途中，我朝位于“常居”旁边的小茶室瞥了一眼，发现二哥独自坐在里面。我仿佛被某种可怕的力量拽过去似的，径直来到他身旁坐了下来，有些胆怯地问他：

“真的没有其他办法可以医治母亲了吗？”

脱口而出的这句话太过唐突，连我自己都暗叫一声糟糕。英治二哥苦笑起来，稍微打量了四下后才回答我：

“唉，这次恐怕真的治不好了。”

就在这时，大哥突然进来了。他显得有些不知所措，在房里走来走去，把壁橱开开关关的，接着到二哥旁边一屁股坐下，盘起腿来。

“麻烦了，这回实在麻烦了。”他边说边低下头，把眼镜推到额头上，抬起一只手捂住了双眼。

我忽然发觉，大姐不晓得什么时候已静静地坐在我背后了。

《新潮》昭和十八年

薄明

由于在东京三鹰的住家被炸弹摧毁了，我只好携家带眷搬到了位于甲府的岳家。那里只住着妻子的一个妹妹而已。

当时是昭和二十年四月上旬。联合机队时常在甲府上空飞掠而过，但几乎不曾投掷炸弹，街上也不像东京那样已经沦为战场。躲避空袭多时的我们，终于得以脱去身上的防护服装，安安稳稳地睡个觉了。这一年，我三十七岁，妻子三十四岁，长女五岁，两岁的长子前年八月才刚出生。此前我们一家四口的生活过得并不富裕，所幸大家还算是健健康康活到今天。既然好不容易熬到了现在，我也不免盼望能在世上多待一段日子，见证这个时代的演进。不过，我更害怕的是妻子和儿女先走一步，独留我一个人在世间苟活。光是想象那个画面，都令我心如刀绞。总而言之，我绝不能让妻儿离开人世。为此，我必须做好万全的准备。问题是，我阮囊羞涩。即使偶尔领到一笔微薄的收入，我总是立刻拿那些钱去买酒喝。我这个嗜杯中物的毛病是个非常糟糕的缺点。那时候的酒相当昂贵，但只要有朋友来找我，我依然和过去一样，非得和他们一起出门狂饮不可。钱都花光了，哪里还能为妻儿做什么万全的准备。尽管我羡慕许多人早已将家人安顿在偏远的乡间躲避战火，可是自己一没钱二懒散，以至于仍旧待在东京的三鹰，能拖一天算一天，却终究没能逃过炸弹的袭击，实在不该继续留在东京了，这才带着全家人搬往妻子的娘家。算起来差不多已有一百天，我们日日夜夜都必须穿着防护服装以备随时躲避空袭，此时终于可以脱掉这身衣服安稳入眠，暂时不必在寒冷的夜里唤醒两个孩子冲进防空洞了。虽然可以预见还有重重困难等在前头，但至少我们现在能够稍微喘口气歇一下了。

然而，我们毕竟失去了“自己的家”，免不了有许多不便之处。我自认以往和一般人一样尝遍生活上的种种艰辛，但是身边带着两个小孩，虽说投靠的是妻子最亲的手足，但毕竟是借住在别人家里，难免出现不曾遇过的种种特殊状况。岳父母皆已相继过世，妻子的几个姐姐都出嫁了，排行最小的是弟弟，也是娘家现在的户长。他两三年前大学毕业后，立刻加入了海军。目前住在甲府老宅里的是排行在这个弟弟上面的姐姐，亦即妻子下面的那个妹妹，只剩下这位二十六岁或二十七岁的内妹守着这个家了。内妹似乎经常写信和从军的内弟商谈家里的事情。我虽身为他们的姐夫，但并不是这里的一家之主。别说当一家之主了，自从结婚以后，我甚至给岳家添了不少麻烦。既然姐夫是个不可靠的男人，那么内妹和内弟当然不会想找我商量家里的事，反正我也从未觊觎过这一家的财产，双方各做各的安排，再好不过了。话说回来，家里只有一个是二十六岁或二十七岁还是二十八岁（我从没正式问过，记不太清楚）的女人在，我猜，总不至于有人认为这个三十七岁的姐夫和三十四岁的姐姐带着两个孩子一起心怀不轨地闯进岳家，蒙骗内妹和在远方从军的内弟，意图霸占家产吧。不过，毕竟我年龄较长，不免担心自己不经意的举动，会践踏了他们的自尊心。老实说，我当时的感觉简直像站在一片长满青苔的庭院前，为了不踏到青苔，只能小心翼翼地踩着错落铺设的石块，一步一步慢慢前进。我甚至想过，如果留守岳家的是一个年纪比较大、在社会上历练过的男人，或许我们住在这里可以轻松一些。这种负面的思考折磨着我。我在这里借用一个面向后院的六张榻席大的房间当作工作室兼寝室，另外还有一个摆着佛龛，同样是六张榻席大的房间作为妻儿的寝室，并且按照一般的行情支付房租与餐费，为了不使岳家吃亏而特别费了一番苦心。此外，我有访客时，也不在客厅谈话，而是请到我的工作室里。

只是，我还是会喝酒，也常有东京的朋友来做客，虽已尽力不影响岳家原有的生活，事后还是觉得很抱歉。而内妹也一样担心我们住不惯，还主动帮忙照顾孩子。尽管双方连一次都不曾发生过冲突，只是我们心里有“无家可归”的自卑感，总觉得每一天都过得如履薄冰。到头来，无论是内妹，还是来到这里避难的我们，彼此都格外操心费神。虽然如此，听说我们在逃难者当中，已经算过得很舒服的了，由此可以想见其他逃难者过的是什么样的日子。

“千万别躲到乡下避难！除非房子被烧得片瓦不留，否则最好尽量留在东京。”

这是我当时写给某位挚友的一段信文，那个时候他和全家人都还留在东京。

我们是在春寒料峭的四月来到甲府的。东京的樱花早已盛开，这里只见零零星星点缀在枝丫间。接下来，五月、六月过去，盆地地形特有的闷热渐渐发威，石榴叶泛着浓绿的光泽，其艳红的花朵在烈日照射下绽放，葡萄棚架上的嫩绿小果粒也一天天长大，越来越重，等到一串串饱满的葡萄快要成熟的时候，甲府市突然不再平静了。街头巷尾传言不断，说是敌军开始对中小型都市发动攻击，眼看着甲府就要陷入一片火海。此地民众坐立难安，赶紧把身家财产堆上拖车，扶老携幼逃进深山，即使深夜时分，杂沓的脚步声与拖车声依然不绝于耳。我心里明白，到了这个地步，甲府迟早也将沦为战场，可是好不容易才能脱掉空袭防护服睡觉，这般安稳的日子还没过几天，又要整装拉车带着妻儿逃到山里请求陌生人家收容，实在是太辛苦了。

再看看情况吧。等到飞机开始丢烧夷弹[①]的时候，让妻

---

① 烧夷弹又名凝固汽油弹，主要成分是胶状汽油。

子背着小儿子、牵着大女儿逃往郊区的农地，反正五岁的大女儿已经可以自己走路了，我和内妹则留下来拼命灭火，尽力守住这个家。房子被烧毁了又何妨，只要大家齐心协力，努力在废墟中重新盖起一间小屋就好。

我如此告诉全家人，大家也朝这个方向预做准备，挖了洞把粮食放进去，连带着锅碗瓢盆，还有雨伞、鞋履、化妆品、镜子、针线，等等，把生活所需最低限度的日常用品都埋进土里。万一这个家被烧毁了，还能靠着这些东西让日子过得不至于太悲惨。

“帮我把这个一起埋进去。”

五岁的女儿把自己的红木屐拿过来给我。

“哦，好好好，一起放进去。”我接过这双小木屐，塞进洞穴的角落里，突然觉得像在埋葬死人似的。

“我们一家人终于有向心力了。”内妹说道。

或许对内妹来说，那是在灭亡前夕感受到的一种奇妙而幽微的幸福。四五天后，岳家于火海中全毁。悲剧比我预期的提早了一个月到来。

大约从十天前起，两个孩子的眼睛都出了毛病，医生看了以后说是流行性结膜炎。幺儿的病还算轻微，长女的眼疾却一天比一天严重，在那场空袭的两三天前完全失明了，上眼睑肿胀得连长相都变得不一样了。以手指用力掀开她的上眼睑，赫然发现里面的眼球溃烂不堪，简直像死鱼的眼睛。我们担心这或许不单单是结膜炎，而是受到侵犯性极强的霉菌感染，恐怕已经错过最佳的治疗时机了，赶紧带去给另一位医生诊察，得到的答案依然是结膜炎，并说虽然需要很长一段时间才能痊愈，但是不必绝望。可是，医生误诊并不是什么稀奇的事，甚至可以说，误诊乃是家常便饭。我向来不太相信医生。

真希望女儿能够早日重见光明。自从孩子生病以后，我再也不喝醉了，也曾经在喝完回家的途中把酒吐掉，就这样站在路边双手合十祷告，祈求上苍让我等一下到家时，那孩子的眼睛已经看得见了。我一踏进家门就听到孩子天真的歌声，顿时激动地想着：太好了！女儿的眼睛睁开了！冲进屋里一看，只见女儿孤零零地站在昏暗的房间中央，低着头唱歌。

我实在无法忍受眼前的这一幕，旋即转身离开了家。这一切完全是我的错。

都怪我这个穷鬼嗜酒如命，才害孩子眼睛看不到。假如我是个规规矩矩的好国民，或许这样的不幸就不会降临到孩子身上了。父亲应得的报应却由孩子代为承受了。

这是老天爷给的责罚。万一这孩子从此终身失明，我甘愿把自己的文学和声誉统统放弃，寸步不离地陪在她身旁。

“阿弟，你的脚脚在哪里呀？你的手手在哪里呀？”

女儿心情好的时候，会像这样伸手摸索着弟弟，陪他一起玩耍。每当我看到这幅情景，想到万一就在这样的状态下遭到敌军空袭，不由得浑身战栗。到时候，唯一的办法是妻子背着小儿子，我背着女儿逃命，可是如此一来，家里就只剩下内妹一个人，根本没办法守住这个房子，所以内妹届时也必须随我们一起逃命才行，这个家也只能任由战火烧毁了。再进一步以不久前东京遭到联合机队攻击的状况推断，甲府市恐怕也将遭到全面性的轰炸，而这孩子就医的诊所，也必定会毁于战火之中，其他诊所同样无法幸免于难。总而言之，在甲府找不到医生看病了。那么这个眼睛失明的孩子，往后该怎么活下去呢？万事休矣。

“别想那么多了。总之，静观其变，留在家里再等一个月吧。”

我才在晚饭时笑着对家人这样说完，当天夜里就响起了空袭警报，同时传来巨大的轰炸声，四周亮如白昼。敌机开始投掷烧夷弹了。紧接着听见一阵乒乒乓乓，是内妹赶忙把碗盘扔进小池子里的声响。

这正是我预想中最糟糕的状况。我背起失明的女儿，妻子背起小儿子，并在孩子身上各披上一床棉被冲了出去。避难的途中有两三次必须躲进路边的水沟里，就这样跑了一公里左右，总算逃到刚收割完麦子的田地。我们把棉被铺在田地上坐下来稍事喘息，倏然间，如雨滴般的火点从天上纷纷降落。

“快盖上棉被！”

我一面叮咛妻子，一面也连忙把棉被盖到自己身上趴在田地里，女儿这时还伏在我背上。我心想，如果被烧夷弹直接射中，一定很痛。

所幸没遭到烧夷弹命中。我揭开棉被，从地上爬起来，赫然看见周围已经陷入一片火海。

“喂，快起来灭火！快啊！”我不单催促妻子，也大声通知还趴在附近的那些人，并且拿原本盖在身上的棉被逐一摁熄了身边的火焰。火很快就被扑灭了。

在我背上的孩子虽然眼睛看不到，但仍能察觉到事态非同小可，乖巧地不哭也不闹，只紧紧抓着父亲的肩头。

“没受伤吧？”

火差不多扑灭之后，我走向妻子问道。

“嗯。”妻子低声回答，“希望战机不要再投下其他东西了。”

比起烧夷弹，妻子似乎更害怕炸弹。

我们在田地上换个位置休息片刻，再度降下一阵火雨。说来奇怪，不晓得活人是不是拥有某种灵性，包括我们一家在内，逃到这片田地上的所有人都没被火灼伤。每个人都忙着用棉被或泥土闷熄身边一坨坨冒着火焰的、油腻腻的块状物体[①]之后，继续休息。

内妹担心我们明天断粮，旋即出发前往距离甲府市大约六公里远的位于深山的远亲家张罗食物。我们一家四口将一床棉被铺在地上，一同盖着另一床棉被，暂时窝在这个地方。我已经累了。再也不想背着孩子四处逃窜了。妻子和我把孩子们放到棉被上，两个孩子都睡熟了，我们这

① 烧夷弹的残骸。

对爹娘茫然地远眺着火海之中的甲府市。飞机轰隆隆的引擎声几乎听不见了。

“轰炸差不多结束了吧？”

“应该吧。真是受够了。”

“我们家是不是也被烧掉了？”

“我也不知道。希望平安无事。”我暗自忖度应该没指望了，但仍抱着一丝期盼，房子若是安然无恙可就太令人喜出望外了。“大概保不住了吧。”

“我想也是。”

然而，我还是无法彻底绝望。

近在眼前的一户农家正熊熊燃烧。整栋房子从失火到烧完，耗费了相当长的时间。屋顶和梁柱连同这幢家屋的历史，一起消失在火焰之中。

东方渐渐透出鱼肚白，天亮了。

市郊的国民学校躲过了战火，我们背着孩子前往学校二楼的教室休息。两个孩子慢慢醒了过来。虽说醒了过来，但是大女儿的眼睛依然无法睁开，只能双手摸索着爬上讲台，似乎毫不在意发生在自己身上的异状。

我把妻儿留在教室，回去探看家里的状况。道路两旁的房屋还在燃烧，走在中间被热气和黑烟闷熏得几乎寸步难行，我只好到处穿梭，绕了一大圈终于来到岳家附近。假如房屋依然安好，那就太令人欣喜了，然而那无疑是痴人说梦。我虽告诉自己，千万不可有任何企盼，但脑海里的一线希望仍然挥之不去。岳家的那面黑色木板围墙映入我的眼帘了。

太好了！家还在！

但是，留下来的只有木板围墙而已，里面的屋宅已全毁。脸庞沾满黑灰的内妹站在这片废墟之中。

“姐夫，孩子们呢？”

“都没事。”

“他们在哪里？”

“学校。”

“这里有饭团。我连夜拼命赶路，去要了一些粮食回来。”

“谢谢！”

“打起精神嘛。不是还有埋在土里的东西吗？我想那些应该都完好如初。只要有那些东西在，暂时还可以凑合着过日子呀。”

“早知道就把更多东西统统埋进去了。”

“没关系嘛，这样已经很好了。只要带着那些，不管去哪里借住都不必低声下气，尽管可以抬头挺胸。我现在就把吃的送去学校，姐夫请在这里休息。来，这是饭团，请尽量享用。”

就某方面而言，二十七八岁的女人比起四十岁甚至年纪更大的男人，要老成多了。临危不乱。我这个活到三十七岁仍旧一事无成的姐夫，在内妹转往学校之后，剥下一块木板围墙铺在后院的田圃，然后盘腿坐在木板上面，大口吞咬内妹留给我的饭团，既无能为力又束手无策。不知道该说我是个笨蛋还是天生无忧无虑，脑子里完全没思考全家人接下来该何去何从，唯一担心的事只有大女儿的眼疾。往后该带她去哪里看病呢？

不久，妻子背着小儿子，内妹牵着大女儿的手，回到这处废墟。

“自己走回来的吗？”我低头问女儿。

“嗯！”女儿点点头。

“真乖，可以自己走这么远的路回来！但是我们家被火烧掉了。”

“嗯！”女儿再次点点头。

“医生那边应该也被烧成废墟了，这孩子的眼睛该怎么办呢？”我问妻子。

“今天早上有医生帮她洗过眼睛了。”

“在哪里洗的？”

“有医生来学校看诊。”

“真是太好了！”

“可是，护士实在太少了……”

“这样啊。”

那天，我们到位于甲府市郊的一位内妹学友家借住。我们从家里地底下挖出埋在洞里的粮食和锅碗家当，统统带去了。我笑着从裤袋里掏出一只怀表说道：

“这个保住了。刚好摆在桌上，从家里逃出来的时候，我顺手塞进口袋里带走了。”

那只怀表是在海军服役的内弟的，我来到岳家后借用，一直摆在我的书桌上。

“太好了！”内妹也笑了，“姐夫这回可是立下大功一件哦！托您的福，我们家的财产又多保住了一件。”

“我做得好吧？”我有些得意，“没有表，总是不方便。……你摸摸看，是怀表哦！”说着，我把那只怀表搁到大女儿的手心里。“把它拿到耳边听听看，嘀嘀嗒嗒响，对不对？……你们瞧，这还能给眼睛看不到的孩子当玩具。”

女儿把怀表贴着耳朵歪着头聆听，没多久，怀表却从她的手里滑落下去，随着清脆的碎裂声，表面的玻璃碎了，看来是修不好了。这种时候，上哪里都买不到玻璃表面。

“唉，坏了。”

我失望极了。

“黄粱一梦……”内妹喃喃自语。看她的表情，对于刹那间失去家中唯一堪称财产的宝贝，似乎并不怎么在意，我稍微松了口气。

我们借用那位学友家的院子一角煮饭，傍晚就在一个六张榻席大的房间里睡下了。可是，筋疲力尽的妻子和内妹却辗转难眠，低声商量着往后该怎么办。

“哎，何必担心！大家一起回到我的故乡，日子总过得下去。”

妻子和内妹都缄默不语。不管我说什么，她们向来不太相信。这两人各有各的心思，没有开口回话。

“看来，我不怎么可靠哪。”我不禁苦笑，“不过，拜托你们这次相信我吧！”

内妹在黑暗中哧哧笑了，仿佛依然不敢仰靠这个姐夫。片刻过后，内妹又和妻子窸窸窣窣地商量起其他事情了。

“好吧，随你们。”我也笑着说道，“我怎么这么不值得信赖啊。”

“那还用说！”妻子突然用一本正经的口吻说道，“都怪孩子的爸平常总是胡言乱语，也不知道是认真的还是开玩笑的，谁还敢相信您呢？就算落到今天这个局面，您脑子里想的肯定还是酒吧？”

“怎么可能，我不至于那么荒唐吧。”

“不过，要是今天晚上有酒，您还是会喝吧？”

“这……或许会喝吧。”

她们两人经过一番讨论后决定，无论如何，我们都不能继续待在这里叨扰了，明天得另觅去处才行。翌日，我们把从地底下挖出来的各种物什堆到大板车上，拉到了内妹的另一位熟人家。这位年约五十的主人品格相当高尚，屋宅宽敞，让我们借住在里面一个十张榻席大的房间。另外，我们也找到了医院。

这家太太告诉我们，县立医院在这次轰炸中全毁，医护人员转往郊外一栋幸存的建筑物看诊。我和妻子立刻各自背起一个孩子出门求医。穿过桑田中的小路，大约十分钟就抵达那家位于山脚下的临时县立医院了。

眼科医生是一位女医生。

“女儿的眼睛完全睁不开，真让人着急。我们打算回乡下避难，但是担心坐长途火车时她的病情恶化，必须等这孩子的眼睛好转，否则我们哪里都去不成，真的不知道该怎么办才好。”我抹着汗，叨叨叙述女儿的病况，恳求女医生妙手回春。

女医生一派轻松地告诉我：

“别担心，眼睛应该很快就能睁开了。”

“真的吗？”

“眼球没有任何损伤，我想，再过四五天，应该就可以出远门了。”

“请问能不能打个针呢？”妻子从旁插嘴问说。

“针倒是有的。”

“请医生务必帮孩子打针！”妻子诚心鞠躬央托。

不知道是注射发挥了药效，还是时间久了会自然痊愈，从那家医院回来以后的第二天下午，女儿睁开眼睛了。

我连连嚷着真是太好了，旋即带她回去看已被烧成废墟的家。

“你瞧，外公家被烧掉了吧。”

“哦，烧掉了呀？”孩子脸上带着微笑。

“你的小兔子和小鞋子，还有小田桐伯伯家和茅野伯伯家，统统被烧掉了哦。”

“哦，统统被烧掉了呀？”女儿说着，脸上依然带着微笑。

新纪元社刊《薄明》昭和二十一年

苦恼年鉴

我觉得时代一点都没有改变。那是一种荒谬的感觉。或许可以形容为摇摇欲坠吧。

《回忆》是一部篇幅百页稿纸的小说，可视为我的出道之作。这部小说的开头是这样写的：

向晚时分，我和姨母一起站在门口。我忘了姨母当时背着谁了，总之，她穿着一件背小孩用的棉罩衣。我永远记得当时微暗街道上的那片宁静。姨母告诉我，陛下隐世了，还补了一句他是活神仙。我觉得很有意思，喃喃复诵了一次“活神仙”这个词。接着，我好像讲了什么不敬的话。姨母立刻训斥我不可以那样讲，而必须说是“隐世”了。我明知道姨母的意思，却故意装傻问，陛下隐藏到哪里去了呀？当下就把姨母逗笑了。

这是明治天皇驾崩时的回忆。我是明治四十二年①夏初出生的，所以那时候应该是四虚岁。

同样在这部小说《回忆》之中，还有另一个段落如下：

老师出了一道作文题目“假如发生战争”。我是这样写的：“万一发生了比地震、打雷、火灾、老爸还要恐怖的战争，我会赶快逃到山上，逃的时候也会请老师一起跑走，因为老师是人，我也是人，应该一样害怕打仗吧。”后来，校长和训导副主任二人把我找去问话，问我为什么要这样写。我敷衍地回答，只是觉得好玩，随便写写而已。训导副主任立即在记事手册里写下“好奇心”。接着，训导副主任与我开始一问一答。他问道，我在作文里写了“老师是人，我也是人”，那么每个人都一样吗？我扭扭捏捏地回答，我觉得是。原本我就是个沉默的小孩。接下来他继续

① 明治四十二年为公元一九〇九年。明治元年为公元一八六八年，后文类推。

问道，那么训导副主任我与在你面前的校长既然同样是人，为什么领不一样的薪水呢？我想了一下才回答，可能是因为工作不同吧。这位戴着铁丝框眼镜、脸形瘦长的训导副主任马上将我的答案抄在记事手册里。我一直很喜欢这位老师。紧接着，他又问道，你的父亲和我们这些学校老师都是同样的人吗？我不知道该怎么讲才好，一个字也答不出来。

这件事发生在我十岁或十一岁的时候，推算起来应该是大正七年[①]或八年，也就是距今大约三十年的事了。

其后，还有这样的段落：

小学四五年级的时候，我从最小的哥哥那里听来了所谓的民主思想，甚至听过连母亲都曾向一些宾客抱怨，都怪那个民主，征收的税金多得吓人，收获的米粮几乎全都拿去缴税了，从此，我就非常惧怕那种思想。我会在夏天

① 大正七年为公元一九一八年。大正元年为公元一九一二年，后文类推。

和长工们一起到院子里除草，冬天也会协助他们铲掉屋顶上的积雪，并且一边帮忙一边教导他们民主思想。后来才知道，那些长工并不喜欢我去帮忙，因为我除草并不彻底，他们事后还得重新除一遍。

那是发生在大正七年或大正八年那个时代的事了。

由此可见，早在距今将近三十年前，连远在日本本州岛北端寒村的一个儿童都了解的思想，到了昭和二十一年此时的报纸杂志上，依然号称是“新思想”，未免太离谱了。我在文章一开始所谓的荒谬的感觉，就是指这个。

至于大正七八年时的社会局势是什么样的，以及其后的民主思潮对日本有何影响，那些只需翻阅相关文献即可得知。我这份手札的目的，并不是转述那些信息。我是个市井作家，写在文章里的，全部仅限于自身微不足道的个人历史范围之内。说不定有人对此感到不耐，或骂我怠惰，或笑我鄙俗，然而，也许当后人试图回溯此际的当代思潮，我们一直以来记叙的个人生活片段，或许远比所谓的“历史学家”撰写的书册更具有可信度，不容小觑。所以，我的重点并不是放在探索与评判形形色色的社会思想家身上，而只想在这里写下我个人的思想历程。

我曾读过那些所谓的“思想家”撰写的“我为何成为某某主义者”之类的思想发展回忆录或宣言，然而读完以后只觉得相当空泛。这些人之所以成为某某主义者，总是因为历经某个转折点，而那个转折点通常相当具有戏剧性，令人血脉偾张。

在我眼中，那未免太假了。尽管我试图相信文章里的描述，但是直觉告诉我事实并非如此。那些转折点简直匪夷所思，让人直起鸡皮疙瘩。

我觉得他们牵强附会的技巧实在太差了。因此，这次换我写自己的思想历程时，必须避免写出那种昭然若揭的编造情节。

连“思想”这个词汇都让我反感，更不用谈什么“思想发展”，简直让我浑身不对劲。谈那些东西，根本像是演蹩脚戏一样，俗不可耐。

我索性这样写吧：

“在我身上找不到思想那种玩意儿哩！只有喜欢和讨厌这两种而已哟！”

我打算如同上文，只将我铭记在心的事实，一段一段记录下来。倘若那些思想家面临同样的情况，必定会绞尽脑汁，以显而易见的谎言将那些片段串联起来，而一些庸俗之人则在看到那些填补缝隙用的具有恶意且虚伪的谎言之后，会感到无比的喜悦。并且在多数情况下，庸俗之人就会为那些谎言发出赞叹与喝彩。我简直难以忍受。

“对了，”庸俗之人问，“请问您儿时学到的民主，后来是通过什么样的方式发展成熟的呢？”

我一脸呆憨地回答：

“这个嘛，我也不知道它现在变成什么样了。”

×

我们家族的历代祖辈并没有显赫的大人物。我的祖先必定是经过一番颠沛流离，最后才来到津轻之地的北端定居下来的农户。

我就是那样无知又三餐不继的贫农的子孙。直到曾祖父惣助那一代，我们家族才开始在青森县内略有知名度。听说当时每县只有四五个人因缴纳高额税款而有资格成为贵族院议员，曾祖父便是其中一人。去年我在甲府市的城堡旁一家旧书店找到一本明治初年的绅士录，翻开一看，里面刊登了曾祖父的照片，那副乡下人土气未脱的样子，一望即知是个庄稼汉。这位曾祖父是赘婿，祖父也是赘婿，父亲同样是赘婿，我们家族可谓阴盛阳衰。曾祖母、祖母和母亲都比丈夫长寿。曾祖母活到我十岁那年左右；祖母目前高龄九十，依然老当益壮；母亲活到七十岁，前几年仙逝了。家中女眷个个都喜欢上寺院参拜，尤其祖母更是极度虔诚，甚至被家族成员当作笑谈。家里信仰的是由亲鸾上人[①]创立的净土真宗。我们从小就常被带到寺院参拜，去得都腻烦了，还被逼着默诵经文。

×

我的家族，没有出过任何一位思想家，没有出过任何一位学者，没有出过任何一位艺术家，甚至没有出过任何一位官差或将军，真的只是平凡庸俗的乡下大地主罢了。父亲当选过一次议员，也进过贵族院议会，但从没听说他曾在首都的政界大展身手。父亲盖了豪邸作为家宅，外观

---

① 亲鸾上人（一一七三—一二六三），日本镰仓时代初期的僧侣，净土真宗之祖师。

乏善可陈，唯一的特色就是庞大，里面将近有三十个房间，其中许多都达到十张甚至二十张榻席大。虽说盖得坚固无比，却没有丝毫雅趣可言。

举凡古董字画之类的国宝级艺术品，家里一件也没有。

父亲虽然喜欢看戏，但是从不看小说。我还记得小时候曾听他发过牢骚：没想到你居然浪费了那么多时间去读那部长篇小说《飞越死亡线》[①]。

然而，在这个家族中，没有任何复杂晦暗之处。家里从来不曾上演争夺家产的戏码。也就是说，家族成员没有也不曾表现出丑陋的一面，堪称津轻地区最高尚的家族。在这个家里，做过遭人背后非议的蠢事的，就只有我一个。

×

余幼时（这样的开头常见于那些思想家的回忆录，我以下将要记叙的事情若是写得不好，说不定也会散发出思想家回忆录的陈腐气味，不如干脆就用这种故作高深的开头，也就是使出以毒攻毒的招数吧。不过，我接下来的文

① 日本基督教社会运动家、作家贺川丰彦的作品。

字，绝对不是捏造出来的，全都是千真万确的事实），自早晨睁开眼睛到夜里闭上眼睛，身边无时无刻不带着书，这样形容一点都不夸张。我随手拿到什么就读什么，耽读不倦。不过，我几乎很少把一本书重读一遍，每天读四本到五本，读完就不再碰了。

比起日本的童话故事，我更喜欢外国的童话故事。记不清楚那个故事是叫《三个预言》还是《四个预言》了，总之内容描述的是有个男人被预言将在几岁时被狮子救命，几岁时会遇到强敌，几岁时会沦为乞丐云云，他对此嗤之以鼻，结果他的一生果真如预言所示，一一应验。我非常喜欢这则童话，印象中反复读了两三遍。另外还有一个，在我儿时的读物当中，就属那则故事最为不可思议，令人颇有感触。那则故事没有任何趣味性，忘记是刊登在《金船》还是《红星》上了，总之是类似名称的童话杂志上，大意是有个少女生病住院，一天深夜，她非常口渴，正打算喝枕边那杯所剩不多的糖水解渴时，同病房的一位老伯伯患者忽然不停地呻吟着讨水喝，少女随即下了床，端起自己那杯糖水让那位老伯伯全部喝光了。我甚至连那则故事的插图都还有点印象。真的让我感触很深。在那则故事旁边还有这几个字：当爱人如己[①]。

但是，我无意通过这些往事来穿凿附会地解释我的思想。假如我真的把这些回忆硬说成是家中信仰的亲鸾上人的教诲一脉相承，或是与后续的民主思想扯上关系，不就和某某先生所写的“吾是如何成为某某主义者”一样空泛了吗？这一节关于我读书的记忆，单纯只是一个片段，和我人生的任何历程都没有办法凑到一块去，否则我就得圆谎了。

×

好了，那么，终于要讲到我早前提到的那个民主思想后来怎么样了。没有怎么样。那玩意儿就这样消失无踪了。前面已经提过，我无意在这里转述当时的社会局势。我只想把肉体所感觉到的片段，逐一誊写在这里而已。

×

博爱主义。雪中的十字路口，有个人提着灯笼蹲在地上，另一个人抬头挺胸，一声声呼喊着：“啊，我的神！”一旁提灯笼的人喃喃附和着“阿门”。我喷笑出声。

---

① 典出《马太福音》第十九章第十九节。

救世军[1]。他们的乐队喧闹又嘈杂。慈善锅[2]。为什么非要用锅子不可呢？把肮脏的纸钞和铜板放到锅子里，不是很不卫生吗？还有，那些厚脸皮的女人，难道不能穿好看一点的衣服吗？品位真差。

人道主义。俄罗斯式的短衬衫现在很流行，“喀秋莎真可爱呀”[3]那首歌最近也很流行。时代潮流变得虚张派头。

对于这些风潮，我一概作壁上观。

×

有钱人就是罪恶，贵族就是罪恶，唯独贫穷的贱民才是真理。我赞成武装起义。缺少了断头台，革命根本毫无意义。

问题是，我不是贱民，而是属于被推上断头台的那种阶级。我当时是十九岁的高等学校学生。班上只有我一个穿着令人侧目的华美衣服。我越发觉得自己唯有一死才能挣脱这个窘境。

---

① 基督教的国际慈善组织。

② 救世军义工通常在圣诞节前于街上摇铃劝募，捐款人自行将款项放入大铁锅里，那只锅子被称为慈善锅。

③ 《喀秋莎之歌》的第一句歌词，其为发表于一九一四年的日本歌谣。

我吞下了大量的加尔莫精[①]，却没死成。

“用不着死，你是我们的同志！”有位学友称赞我“前途不可限量”，拉着我到处介绍给人认识。

我成了负责供钱的金主。到东京读大学以后，依然由我资助活动，并且安排同志的食宿。

一般所谓的“大人物”，通常是指正派人士。然而，这个社会拿小人物一点办法都没有。这些人大吹牛皮，一找到机会就拼命攻击别人。

他们还把骗人的行为美其名曰“战略”。

如今日本有一类文学叫作无产阶级文学[②]。我读了那些文章后浑身起鸡皮疙瘩，眼窝发热。不知道为什么，每当我读到逻辑不通的拙劣文章，总会浑身起鸡皮疙瘩，眼窝发热。同志建议我：你文笔好，不妨写些无产阶级的文章赚稿费作为党的运作资金。于是我试着匿名写稿，写着写着，眼窝越来越发烫，根本写不下去了。（这一时期有所谓的爵士文学企图与之对抗，但是那东西别说让我的眼窝

① CALMOTIN，武田制药公司生产的一种镇静催眠药。

② 日本无产阶级文学运动继承明治末期的社会主义文学和大正时期的工人文学，在20世纪20至30年代占据了日本文坛的主流。

发热了，根本不知所云，连笑都笑不出来。我连那些评论都看不懂，我就这样结束了与它的接触。我也不懂何谓现代精神。由此看来，当时日本的浪潮，属于美国风格与苏维埃风格的综合体，大约是从大正末期到昭和初年，也就是距今二十年前。舞厅与罢工。还发生过名噪一时的烟囱男事件[①]。）

到头来，我只会欺骗亲人，也就是运用“战略”向老家索讨金钱和衣物等东西，收到后与同志共享。那是我唯一的能力。

×

我向往纯粹、无偿、绝无利己之心的生活。然而，那样的境界高不可攀。

我只能继续喝我的闷酒。

我最痛恨的就是伪善。

×

耶稣基督。我心中只有那个人的苦恼。

---

① 一九三〇年，日本神奈川县的纺织工厂发生的劳资纠纷，一位投身工人运动、名为田边洁的男人爬上工厂烟囱声援劳方，并在烟囱上发表演说。整整坚持了六天事情才落幕。

×

关东地区十分罕见地下了大雪。那天发生了所谓的“二·二六”事件。我怒火中烧。他们究竟有何打算？他们究竟想怎样？

真是令人气愤。这群浑蛋！我几近震怒。

他们有计划吗？他们有组织吗？根本什么都没有。

简直像疯子发狂。

没有组织的恐怖主义是最恶劣的罪行。连蠢货都不配当。

这种自鸣得意的愚蠢行为臭气冲天，直到所谓的大东亚战争结束之后，那股恶臭依然久久不散。

我原本以为东条英机[1]有几分底蕴，结果和凡人一样平庸无奇，只是个空壳子。就像灵异怪谈那样。

在那起“二·二六”事件结束后，同一时期，日本还

---

① 东条英机（一八八四—一九四八），日本陆军将军，曾任日本首相，第二次世界大战的关键领导人物、甲级战犯，侵略中国和发动太平洋战争的重要战犯之一。

发生了一起阿部定凶杀案[1]。阿部定绑上眼带[2]变装。当时正值衣物换季的时节，阿部定在逃亡期间，也把原本穿的那身带内里的双层和服，换成了哔叽布的衣服。

×

接下来会怎么样呢？到目前为止，我已经自杀未遂四次了。还是老样子，每三天心里就会出现一次寻死的念头。

×

我们和中国的战争没完没了。绝大多数人开始认为这是一场没有意义的战争了。转换目标。敌人改成美国和英国了。

×

局势日趋恶化这句话是大本营的那些将军一本正经告诉民众的。他们应该不是故作诙谐。但是我只能在哈哈大笑时才有办法说出这句话。那些将军虽然大力宣传了“这一战矢志坚持到最后”的爱国歌曲，却没听到街头巷尾到处传唱。看来，连民众也不好意思唱出口了。那些将军还

---

① 轰动日本的社会案件。一九三六年五月十八日，鳗鱼餐馆女店员阿部定于东京一家茶室勒毙情人，并切下其生殖器。

② 另有一说为戴上眼镜。

要求新闻界人士大量使用“铁桶”[①]这一词汇，可是我每次听到这个字眼，只会联想到桶棺[②]。他们还发明了“转进”这个词，让人一听就想到滚个不停的皮球。还有个将军大发豪语“敌人在我军腹中”，脸上还带着阴森森的笑意。我们平常人哪怕只让一只蜜蜂飞进肚子里，都会疼得死去活来哭天喊地，这位将军却说只要敌人的全体部队都纳入我军腹中，就万事大吉了。难道他的意思是要在肚子里把敌人消化掉，一举击溃吗？“天王山”[③]一下在这里、一下在那里。为什么这个节骨眼要搬出天王山来呢？用“关原”[④]不好吗？甚至有个将军口误，把“天王山”讲成“天目山”了。说成天目山可就无法提振士气了。那种比喻简直莫名其妙。某位参谋将校说“此次我方战略在敌军意料之内”，而且报纸上一字未改，全文照登。那位参谋和报社应该无意表现幽默，而是传递非常严肃的信息。所以他的意思是

① 形容滴水不漏的防守阵容。

② 以前日本人殓尸是装在桶子里。

③ 一五八二年，羽柴秀吉（日后的丰臣秀吉）在位于京都南部的天王山大败明治光秀，此后日本人即以天王山比喻决胜负的转折点。

④ 一六〇〇年，德川家康率领的东军，与石田三成率领的西军，在位于岐阜县的关原展开大战，德川家康获胜，从此开始了德川幕府时代。

说，假如出乎意料，就得下台以示负责了。这思考逻辑未免太诡异了。

在上位的领导人统统不学无术，连一般常识的水平都够不上。

×

然而他们胁迫了我们。他们挟天皇之名胁迫了我们。我喜欢天皇，非常喜欢。

可是，有天晚上，我曾经暗自对那位天皇萌生了恨意。

×

日本无条件投降了。我羞愧难当。简直想挖个地洞钻进去。

×

批评天皇的人猛然暴增。目睹现状之后，我恍然明白自己过去多么深爱天皇。

我向朋友们宣布了自己是保守派。

×

十岁是民主派，二十岁是共产派，三十岁是纯粹派，四十岁是保守派。历史是否就照这样重演呢？我认为历史不可以重演。

×

我期待一股全新的思潮风起云涌。要说出这句话，首先必须具备“勇气”。我梦想中的境界是以法国那些道德家为典范，由天皇担任伦理楷模，建立一处我们能够自给自足生活的无政府主义样貌的世外桃源。

《新文艺》昭和二十一年

十五年间

战火下劫后余生。倘若只有我自己，也就另当别论，问题是身边还带着五岁和两岁的两个孩子，实在走投无路，一家四口最后只好投靠位于津轻的老家，寄人篱下。

我想大家应该都知道，多年来我和老家的亲人相处不睦。说得难听一点，我二十几岁时行为不检，结果被逐出了家门。

由于两处住所接连毁于战火之中，再也无处栖身，我只好拍了一封“恳请收留”的电报给老家，厚着脸皮踏进了家门。

不久，战争结束。我终于得以只穿着一身和服[①]，带着

① 意指不必穿躲避空袭用的防护衣。

五岁的女儿在故乡的原野上散步。

这种心情真的很奇妙。我已经离开故乡长达十五年，但故乡的一草一木依然如昔。不仅如此，在故乡的原野上散步的我，也只是一个津轻人。即使在东京住了十五年之久，我依然不像个都市人，仍旧是个脖子粗厚的乡下人。那么这些年来，我在东京到底是怎么过日子的？根本还是那副土里土气的老样子嘛！实在难以想象。

一个辗转难眠的夜晚，我回想自己这十五年来的都会生活，忽然灵机一动，不如趁此机会再写一篇回忆录。之所以说再写一篇，是因为大约五年前，我曾经以“东京八景”为题，翔实记载了自己过去那段东京生活，并且在杂志上发表了。然而，五年过去，在那场大战中历经辛酸之后，我觉得那篇《东京八景》似乎还少了些东西。于是心念一转，这次换个方向，以我这些年以来在东京发表的作品为主轴，写下我这个身上流着津轻土包子血液的男人，在大都会中过着什么样的生活，也借此展现我写完《东京八景》之后在大战期间的那段日子，通过这样的方式来穷究我这个乡巴佬的本质。

我来到东京之后，首度发表的作品是短篇小说《鱼服记》，总共写了十八张稿纸。隔月，用了一百张稿纸的小说《回忆》在杂志上分三回连载。这两篇都是在名为《海豹》的同人杂志上发表的，那是昭和八年的事了。我从弘前的高等学校毕业后进入东京帝大法文科就读是在昭和五年的春天，推算起来，也就是我在来到东京的第三年发表了小说。不过，我是从前一年开始才打算认真写小说的。当时原委，我在《东京八景》里是这样写的：

我终于一点一滴地从愚蠢中清醒过来，写下一百张稿纸的《回忆》作为遗书。这篇《回忆》现在已成为我的处女作。我非常渴望如实地写出自己从小到大的一切罪行。那是二十四岁秋天的事。我坐在主房旁的小屋里，望着荒芜而杂草丛生的大庭院，完全失去了笑容。我又打算自杀了。要说那叫无病呻吟，确实是无病呻吟。自以为是。我把人生看成一出戏，不对，是将戏剧看成了人生。（中略）然而，人生并不是一出戏，没有人知道第二幕的剧情是什么。有时也会出现某个男人以“自我毁灭”的角色站上舞台，却一直演到最后都没退场。我原本计划留下一份小小的遗书当作告白，让世人知道曾有一个如此污秽的孩子度过了这样的幼年及少年时期，但没想到那份遗书反而激起我强烈的意志，在我的虚无中点亮了一盏灯火，让我无法一心求死。光是一篇《回忆》还不够。既然写到这里了，不如全部写完，把过去到现在的生活统统诉诸文字。我要写出那件事，还要写出这件事，想写的东西源源不绝地涌了出来。我先试着写下镰仓那起事件……不行，似乎少了些什么。我再写了一篇，还是不满意，叹口气，又着手写另一篇文章。没有句点，只有一长串的小逗点。那个不停伸手召唤我过去的恶魔，一口一口地啃噬了我。我宛如螳臂当车，不自量力。

昭和八年。我已经二十五岁了。我在这年的三月非得从大学毕业不可。但是别说毕业了，我连考试都没有出席。故乡的兄长们并不知道我没去应考，他们可能以为我做了那么多蠢事，至少会从学校毕业以作赎罪。他们似乎暗自期盼着我这家伙还有最后那么一点良心，我却彻底背叛了他们，压根儿没打算毕业。我身陷疯狂的地狱，不断欺骗信赖自己的人。接下来的两年，我一直住在那地狱之中。我一再向大哥泣诉明年一定会毕业，哀求他再给我一年的时间，却一再背叛了他。那一年如此，隔一年亦复如此。

我在满脑子寻死的念头中，疯狂地反省、自嘲与恐惧，却都无法死去，于是全心投入号称是遗书的系列作品的写作中——假如真能写得出来。或许那些作品不过是幼稚而做作的感伤罢了，但我为那份感伤拼上了一切。我将写好的作品放在大纸袋里，总共收存了三四大袋，作品的数量越来越多。我拿毛笔在纸袋上写下“晚年”二字，预备以它作为那些遗书的标题，意思是以此作为人生的终点。

以上这些文字就是关于我那段时期的作品的“内幕”。收在那只纸袋里的作品，已经在昭和八、九、十、十一年，这四年间全数发表完毕，但其实主要的创作集中在昭和七至八年这两年，大多数都是我二十四岁到二十五岁写出来的作品。接下来的两三年，只要有人邀稿，我就从那只纸袋里抽出一篇送过去，也都顺利刊载了。

昭和八年，我二十五岁。我用十八张稿纸写成的短篇小说《鱼服记》在那本名为《海豹》的同人杂志创刊号上发表，成为我作家生涯的起点。没想到杂志出刊后，那篇小说竟获得热烈的反响。在那之前，我的文章带有浓浓的乡下津轻腔，好一阵子都是井伏先生不厌其烦地帮忙逐字改稿。井伏先生得知《鱼服记》大受欢迎的消息后吃了一惊，脸上带着不安的表情告诉我：

“不可能那么大获好评，你可别沾沾自喜，说不定是误会一场。”

井伏先生后来，甚至到现在，依然为我提心吊胆，担心我得到的赞誉只是误会一场。对我的文章永远感到惶惶不安的人，除了这位井伏先生，或许还有津轻老家的大哥。这两位今年同为四十八岁，大我十一岁，大哥顶上已是一片光秃，井伏先生近年来也倏然变成满头华发。他们在工作上同样精益求精，在性格上也有几分相似，而我就在他们的培育下茁壮成长。万一这两位哪天不幸撒手人寰，我肯定会号啕痛哭。

《鱼服记》发表后，虽然井伏先生认为“说不定是误会一场”，担心我扬扬得意，不过我这个乡巴佬初生牛犊不畏虎，又在同一年发表了题名为《回忆》的作品，成为登上文坛的新人了。次年，开始有相当知名的文艺杂志向我邀稿，但是不一定都支付稿酬，即使支付，顶多一张稿纸三十钱或五十钱，非常廉价，就算想拿去和当时的学友至交到鱼糕摊上喝两杯都不够付酒钱。几年后，创作集《晚年》[①]出版，太宰治的笔名开始为世人所知，但我一点也没有感到幸福。回想过去的生涯，让我的身心能够全然放松的短暂休息，是在我三十岁时，在井伏先生的做媒下娶了妻子，在甲府市郊以六元五十钱的月租住在一间小屋子里，身上揣着大约两百元的版税存款，谁都不见，每天下午四点左右，拿豆腐锅当下酒菜，一个人享受独酌的悠闲时光。完全不必看人脸色。只是，如此逍遥的日子在短短三四个月后就结束了。区区两百元的存款，自然没多久就见底了。我不得不又来到东京，再次过起荒唐的生活。我的前半生，等于喝闷酒的历史。

作息规律地生活，以及躺在没有酒精和尼古丁的洁白床单上，一直是我的心愿。但现实生活中的我，却是个在偏远郊区的逼仄巷弄间穿梭徘徊的脏兮兮的醉鬼。为什么会沦落到这样的下场呢？如果我借用这里的篇幅，只用三言两语解释完就算打发了这个问题，未免太自以为是了。那或许是属于我们那个年代的全体日本知识分子的共通问题。抑或是个“大哉问”，大到就算我把过去的作品详列出

---

① 一九三六年六月，由砂子屋书房出版，为太宰治的第一本作品集。

来，也不足以回答这个问题。

我不认同沙龙艺术。我厌恶沙龙思想。换言之，我无法忍受任何与沙龙有关的事物。

沙龙是知识的妓院。不对，在妓院里尚且偶尔可以发现真正的宝玉。沙龙应该是知识的销赃市集。不对，在销赃市集上未必就找不到纯金的戒指吧。沙龙根本比不上那些地方。干脆这样讲吧，那里是知识的“大本营公告”，那里是知识的“日本战争期间的报纸”。

战争期间，翻遍日本报纸的所有版面都找不到任何一则值得相信的报道，（然而，他们却强迫我们相信那些鬼话，抱定为国捐躯的决心。当父母濒临破产，不得已向孩子说着显而易见的谎言时，孩子能当面拆穿吗？同样，我们也只能默默目睹命运走到尽头，战死沙场。）那上面全都是痛苦编造出来的报道，不过，在报纸的小角落里，还是刊登着没骗人的消息，也就是讣闻。至少那则印着羽左卫门在疏散地死亡的小讣闻，说的是实话。

沙龙比打仗时日本的报纸还要恶劣。在那个地方，连一个人的生死都敢信口雌黄。太宰治这个人在沙龙里，不知道已经被大肆宣传过几次他已经死亡、他改变思想信仰了、他过气了。

至少请容我说一句，我和沙龙的伪善一直奋战至今。我到现在仍是个脏兮兮的酒徒。世上找不到任何一间沙龙的书架上摆着我的书。

话说回来，我在这里义愤填膺地写了那么多对沙龙的批评，恐怕还是有许多人看不懂我到底在讲什么。甚至还会出现一知半解的人来驳斥我：沙龙在国外可是文艺的发祥地呢！那种一知半解的人，和我所说的沙龙常客没两样。世上再没有比一知半解更可怕的了。这些家伙把十年前学到的定义直接烙印在脑子里，然后试图把他那唯一记得的定义，强迫套用到新时代的现实情况上。老太太，套不上去啦！尺寸根本不合嘛！

有的人觉得自己还有待进步，单是有这样的自觉就值得尊敬了。一知半解的永远都是恬不知耻的家伙。就是这些人错误传达了天才的诚实，同样也是这些人支持庸俗之人的伪善。甚至说日本国土塞满了这种一知半解的人也不为过。

更懦弱一点吧！了不起的人不是你啦！学问？把那种玩意儿扔了吧！

当爱人如已。否则，无论如何都办不到。

说到这里，想必沙龙里那些一知半解的家伙，又要对我的思想展开愚蠢的议论了。我讲得再多，这些冥顽不灵的家伙依旧充耳不闻。真受不了。

或许有人要问，我为什么要这样批评沙龙呢？被誉为外国文艺发祥地的沙龙，与日本的沙龙，这两者本质上究竟有何差异？和皇室或王室直接相关的沙龙，以及与企业家或官吏有所关联的沙龙，究竟有什么不同？我为什么要说你们的沙龙是肤浅的玩意儿呢？也许我应该在这里为各位详细说明一番，可是就算我多费唇舌，想必你们也只会摆出臭脸。即使太宰治来到你们的沙龙，恐怕也只会被轮番炮轰成一具凄惨无比的僵尸，因此请恕我不提供上述服务。别担心，聪慧之人即使不听我讲解，也能体会个中奥秘。

此刻，我翻阅着记事手册，一幕幕回忆接连掠过脑海。这本脏兮兮的记事手册应该称为我的创作年表，已被烧得剩半了。从我昭和八年首度在东京发表作品，到现在昭和二十年的这十二年来，我和那些沙龙的家伙始终走在不同的路上，当然和那些人永远无法合拍。记得那是昭和二年或三年的事了，我当时还在弘前高等学校就读文科，经常来东京找哥哥玩（这个哥哥是个雕刻家，体弱多病，二十七岁就病逝了），哥哥带我上咖啡馆开眼界，进去一看，里面的顾客大多是装腔作势、肤色白皙的俊美男子，哥哥压低声音逐一向我介绍那位是文坛新秀某某人、这位是文学新星某某人，我当时非常讶异怎么尽是一些肤浅又轻佻的男人？从此对艺术家之流心生厌恶。

我怀疑高尚的艺术家，我否定“美丽”的艺术家。在我这个乡巴佬看来，那一类人太过自命清高了。

我想大家应该都认识一个喜欢画海怪的画家叫作阿诺德·勃克林[①]。那个画家的笔触有点生涩，算不上是佳作。我记得他有一幅画的标题是《艺术家》。海中孤岛上有一棵枝叶繁茂的大树，树后面躲着一个吹着小笛子的又脏又丑的怪物。它把自己肮脏的身躯隐藏起来，吹着笛子。一群美人鱼围聚在孤岛的岸边，如痴如醉地聆听着岛上的笛音。万一她们目睹吹笛人的样貌，肯定会放声尖叫。因此，那个艺术家才要拼命躲藏起来，只传送优美的笛音。

---

① 阿诺德·勃克林（Arnold Böcklin，一八二七—一九〇一），瑞士象征主义画家。

这正是艺术家悲惨、孤独宿命的写照。艺术那如同切肤之痛般的真实之美、艺术的崇高……唉，到底该怎么形容才好？总之，那就是艺术。

我敢断定，真正的艺术家是丑陋的。咖啡馆里那些装腔作势的俊美蛮子，都是赝品。你们都听过安徒生的《丑小鸭》吧？在一群可爱的小鸭里，唯独其中一只丑得要命，其他鸭子都嘲笑它、欺负它，没想到它其实是小天鹅。艺术泰斗年轻时几乎毫无例外，都长得很丑。绝对不属于沙龙人士那种可爱的类型。

上流沙龙是人类避之唯恐不及的堕落之地。那么，首先应该纠举谁呢？自己。就是我。那个自称太宰治、特别喜欢故弄玄虚的男人。生活作息规律、睡在洁白的床单上，固然是好事。（那具有任何人都无法否定的吸引力！）然而，当一个人拼了命达到那个境界的瞬间，会不会突然性格大变，变成一个摆臭架子的男人，从此经常去那种以前最厌恶的沙龙，而且不但去沙龙，甚至自己也开起了低俗的沙龙，成了一知半解的文坛大佬。毕竟，这个懦弱又懒散的家伙虚荣得很，一有人吹捧就乐得飘飘然，难保会做出什么事来。

我非常害怕会演变成那种结果。假如有一天，我过起了沙龙式的上流生活，可以想见我必定做出了某种背叛行径。因为我这一生总是过着谨小慎微、亏欠他人的日子。

我接二连三地破坏了自己的家庭生活。即使我没有强烈的意愿主动破坏，我的家庭生活仍然一天天瓦解了。我在昭和五年从弘前的高等学校毕业后进入大学，搬到东京住下来之后到今天，几乎数不清搬过几次家了。每次搬家都和平常人不一样，总是失去一切，两手空空地离开家门，到其他地方安顿下来后，再慢慢凑齐生活必需品。户冢、本所、镰仓的病房、五反田、同朋町、和泉町、柏木、新富町、八丁堀、白金三光町。我在白金三光町这间很大的空房子旁的小屋里写下了《回忆》。天沼三丁目、天沼一丁目、阿佐谷的病房、经堂的病房、千叶县船桥、板桥的病房、天沼的公寓、天沼的寄宿房、甲州御坂岭、甲府市的寄宿房、甲府市郊的房屋、东京都辖内的三鹰町、甲府水门町、甲府新柳町、津轻。

或许还遗漏了某些地方，单是以上这些就已经搬家二十五趟了。不对，是破产了二十五次。这一路走来，我总是每年破产两次，再重新出发。至于接下来我的家庭生活会变成什么样，我完全不知道。

在上述列举的二十五个地方中，我最爱的是千叶县船桥町的家。我在那里完成了《鄙俗》和《虚构之春》等作品。我永远记得，就在非得搬离那里不可的那天，我哭着向某人苦苦哀求，玄关的夹竹桃是我亲手种下的，院子里的青桐也是我亲手栽下的，求他让我留在那里再睡一晚！至于我住得最久的地方，应该是三鹰町下连雀的家了。我从“二战”开始前就住在那里，直到今年春天被炸弹击毁，只好举家迁往甲府市水门町的岳家。可是，住进那里的第三个月，岳家又被烧夷弹击中而被烧得片瓦不存，于是暂时借住在郊区新柳町的某户人家。后来觉得如果难逃一死，不如葬身于故乡，因此带着两个孩子回到了位于津轻的老家。回到老家的第二个星期，就听到那段广播[①]了。以上就是我那段到处流浪的日子的简介概要。

我已经三十七岁了。又得再一次从零出发了。并且同样怀抱着对沙龙思想的厌恶之情。

---

① 指昭和天皇亲自宣读及录音的《终战诏书》，于一九四五年八月十五日通过广播对外发布。

我查阅那本应该正名为创作年表的记事手册，赫然发觉过去这十几年来的每一年都不堪回首。事实上，这二十年来，我们这个年代的人屡屡遭逢悲惨的境遇，宛如在怒涛中漂荡浮沉的叶子，日子过得乌烟瘴气。二十岁左右，我们所有人几乎都参与过那场阶级斗争，有些人锒铛入狱，有些人被学校退学，有些人自杀了。我到东京一看，那里是一座霓虹灯的森林。有“舟之舟”，有“黑猫”，有“美人座”①，看得人眼花缭乱。那个时候的银座和新宿堪称人声鼎沸，车水马龙。绝望下的纸醉金迷。人人泡在酒国之中，仿佛杀红了眼似的尽情玩个够本。接着，“五·一五”事件②啦，又是“二·二六”事件的，不祥之事接二连三而来，我们这个年纪的人个个都得上战场了，日本的男女老幼统统都认定死期不远了。

那是个艰难困苦的时代。在那段时间，想要谈论诸如爱情、信仰或艺术的问题，守护自己的专业领域，可谓困难重重。即使等到战争结束之后，也依然不是件容易的

① “舟之舟”“黑猫”和“美人座”都是位于东京银座的大咖啡馆。
② 一九三二年五月十五日，日本海军少壮派军人闯入首相官邸射杀了首相犬养毅。

事。以目前的情况来说，一切束手无策。就算回到十几年前那个“舟之舟时代”也没有意义。万一哪里出了差错，恐怕反而战时的日子还比较好过，那就太悲惨了。往后千万别再有人趁着动乱大发战争财了。赚那种黑心钱到头来可是一场空啊。

昭和十七年、昭和十八年、昭和十九年、昭和二十年，对我们来说，真是不堪回首的岁月。我接受了多达三次点召，说是晓天动员还是什么的，每次都被叫去拼命练习竹枪突刺等。我利用空闲写小说发表，结果莫名飞来天外一笔，说我被情报局盯上了。昭和十八年，我发表了共三百张稿纸的小说《右大臣实朝》，立刻有卑鄙的“忠臣”故意把“右大臣”读成“犹太人”的发音，说太宰治笔下的实朝其实是犹太人云云，诬蔑我是叛国贼，企图举发。另一篇四十张稿纸的小说刚一刊载，立刻被下令从第一个字到最后一个字，全文删除。也曾遇过两百多张稿纸的小说完成后却被禁止出版。然而，我并没有放弃写小说。我暗自咒骂：“浑蛋！既然你们要玩这种花招，我非得坚持写下去不可！”那已经没有道理可言，只是乡下人的意气用事罢了。不过，我可不打算和某某人一样，实行新形态的投机主义，战争一结束就大声嚷嚷：“吾本不欲战！吾乃日本军阀之敌！吾乃自由主义者也！”

我在战争期间到处告诉人家：我受不了东条英机，我看不起希特勒。关于这一点，我想先明确指出。当然，我打从一开始就对这场战争不抱任何希望，但是，日本真的搞砸了。

我在昭和十四年写过一部长篇小说《火鸟》，虽然尚未完成，但还是先摘录一段放在这里。只要读完这个段落，相信能够更进一步了解前面提到的“当父母濒临破产，不得已向孩子说着显而易见的谎言时，孩子能当面拆穿吗？同样，我们也只能默默目睹命运走到尽头，战死沙场”的含义了。

节录如下：

（前略）老母亲像个瓷娃娃似的，小巧端正地坐在长方形火盆的另一侧。她低着头，缓缓地开了口——那孩子是我的独生子。虽然做出那么可怕的事，但是，我还是相信他。孩子他爹在七年前死了。唉，说来像是自吹自擂，孩子他爹身子还硬朗的时候在前桥——是呀，家乡是上州——他在前桥最有名气的传统餐厅工作。不管是大臣、师团长，还是知事，只要是到前桥玩，一定会上我们店里来。想起那个时候，日子真美好。我天天奋力干活，十分起劲。没想到孩子他爹在五十岁那年，去学了不该懂的东西。就是股票。那玩意儿一开始跌，一下子就跌到底了。某天早上一醒过来，已经花光了。一点也不剩了。简直不知道该说什么才好。孩子他爹在我们面前根本抬不起头来，偏偏还要打肿脸充胖子，说什么他还有一座山没让我知道。一座有金矿的山。您听听，简直像小孩吹牛皮似的。男人还真命苦，连在老伴儿面前都得装体面。他一本正经，仔仔细细告诉我们那座金山的事。明明知道他在说谎，我听着听着，该说是遗憾，还是可怜，抑或是同情呢，总之，眼泪就这么掉了下来，真糟糕。孩子他爹察觉我们没怎么仔细听他讲，竟赌起气来，把地图什么的统统拿出来，煞有介事地拼命讲了又讲，讲到最后，甚至脱口说出等一下就带大家上山去看！到了这个地步，我可为难了。孩子他爹上街时一看到人，也不管认不认识，就喋喋不休大谈他那座金山，顿时成了左邻右舍的笑柄，羞得我真想找个地洞钻进去。

那时朝太郎才刚去东京上大学，可是我实在不知道该怎么办了，只好写信一五一十地告诉朝太郎。朝太郎那时候真了不起！他立刻从东京赶回来，装作高兴得不得了，直嚷嚷着："爹有那么好的一座山，怎么从来没告诉我？既然家里有金山，我哪里还需要上学？请让我休学，我们把房子卖了，现在马上就去那座山挖金矿吧！"说着还急着拉他爹的手就要出门。后来，他偷偷把我喊去暗处责备了一顿："娘，您听清楚了，爹的日子已经不多了！怎么可以让一个落魄的人没面子呢？"听他这么一说，我才明白过来是怎么回事，也很羞愧自己居然没能看得出来。这孩子有此慧眼，简直是菩萨再世了。所以，尽管知道孩子他爹说的不是实话，我们一家三口还是一路搭火车、换马车、在雪地上跋涉，辛辛苦苦地去了信浓[①]的深山。此后整整一年，那孩子无论是烈日高照还是刮风下雨，天天陪他爹在山里绕，天黑了回到山屋，又一副信以为真的模样听他爹讲金山的事。父子俩认真地研究讨论，互相打气说明天一定会找到的，然后才睡下。隔天一大早又到山里去，被

① 现在的日本长野县。

他爹拉着到处走，听他爹满口胡说八道，可这孩子只管频频点头称是，到晚上才拖着一身疲惫回来。孩子他爹能在山里过上一年干劲十足的日子，在老婆和儿子面前也能保住颜面，安详地离开人世，这一切都得感谢朝太郎的忍耐。是呀，孩子他爹死在信浓那间山屋里。临死前还豪气地告诉我们："我这座山一定挖得到金子！你们等着家产翻二十倍吧！"孩子他爹的心脏病已经是老毛病了，死在一个寒风呼呼吹的早上，可怜哪。后来，我们母子俩就去了东京，过了一段苦日子。我每次端着大碗出去却只能买一块豆腐回来，那种时候最让我难受了。所幸那孩子有才华。托大家的福，现在朝太郎已经能靠写东西赚钱了。不管朝太郎做了什么蠢事，我都相信他。一想到那孩子从前那样百般袒护他爹，真是感激万分又无以回报。无论那孩子做了什么事，就算他杀了人，我都相信他。那孩子太体贴了。（后略）

那些自称"拥有科学精神"者把这样的思想叫作老派的人情主义，一笑置之就算了事。我永远无法和这种人共事。战争期间，我有个想法：假如日本能够在这样的状态下赢得胜利，那么日本就不是神国[①]，而是魔国了。那些一脸若无其事地走在路上，明知道日本会吃败仗却只敢在背地里嘀咕“会输呀、会输呀”的人，其实也不怎么清高。

通过这种方式，我自以为“站在日本这边”，可是当时的政府似乎并不相信我。有谣言说，我被列入情报局的黑名单当中，结果再也没有出版社向我邀稿了。

说来可悲，生活费一天比一天少，孩子一个两个地出生，雪上加霜的是收入几乎没了，真是不知道该怎么办才好。当时恐怕不只是我，那些所谓从事纯文艺创作的人，全都有同样的烦恼。不同的是，其他人多半拥有古董书画之类的财产，拿去卖了还能够应急，可是我连一件像样的财产都没有。在这种情况下，万一我又被征召上战场，妻儿该怎么活下去呢？不幸之幸是，我始终没有收到召集令。虽然很不想这样说，却也不得不感谢上苍垂怜。总而言之，我只能勤奋不倦，继续写小说。

除了那些大发战争财的人，大家现在都过着苦日子，

---

① 日本人认为天皇是神的后裔，这个国家也是由神造出来的，因而自称神国或神州。

我也不能抱怨自己日子难过，只能努力装出爽朗的样子。尽管如此，心里还是十分惶恐，于是写信给某位前辈。信的内容是这样的：

前辈敬启。这封信不是要请您帮忙，也不是要控诉什么，更不是要指责某人。只是有些话连对家人都无法说出口，至少想告诉您一人，所以才写了这封信。您知道这件事之后，不必做任何回应。我并没有期待您的回复。只要看完知道了就好。还有，您读完这封信以后，请默默地撕掉丢弃。麻烦您了。也不要讲给别人听。

我正在考虑自杀。我也正在努力忍住那股冲动。与其说是舍不得妻儿受苦，不如说是不希望我这个日本国民的自杀被外国拿去当作宣传材料，此外，还担心我那些前往战地的年轻朋友要是听到我自杀的消息会有什么感受。一想到这些，我只能努力忍住那股冲动。为什么我非自杀不可呢？原因您应该很清楚。我没有财产，所以比一般人更能吃苦。我今年的收入是 ×× 元，目前手头还剩下 ×× 元。但我不打算向任何人借钱。我曾在深夜里想过，要不要写信向故乡的大哥借钱，后来还是作罢。到了这个地步，只能凭一股傲气撑下去了。我想好了，就算在死前的最后一夜，我也要装出一副腰缠万贯的派头，吃吃喝喝闹个通宵。就这样，我唯一能做的就是继续写小说了。但是我压根儿没想过写那种礼赞战争的小说。

我只是想让您知道这件事而已。毕竟不知道我明天还在不在这个世上。您无须回信。读完信后，请立刻撕毁丢弃。就此搁笔。

我曾暗中寄了这样的信给那位前辈。那时候就算随口发发牢骚，都会被视为叛国贼，想起来真是个可怕的时代。

寄出这封信后过了一个月左右，我偶然在新宿遇到了那位前辈。我们两人什么也没说，默不作声地一起走着。过了一会儿，那位前辈开口了：

“我读了你的那封信。”

“好。您看完就撕掉了吗？”

“嗯，撕掉了。”

我们的对话就只是这样。听说那位前辈当时的处境比我还要辛苦。

总而言之，言而总之，我不能继续过那样的生活，非得杀出一条血路来拯救山穷水尽的生计不可。

我收下了某家出版社提供的旅费，规划了一趟津轻之旅[①]。当时日本上下的关注焦点都集中在南方，我则朝完全相反的方向踏上旅程，前往日本本州岛的北端。我不知道自己还有没有明天，在那之前，盼能再次亲眼看看出生成长之地的津轻。

我出生在所谓地道的津轻农户，从小学、中学到高等学校整整二十年，都是在津轻长大的，但是只去过津轻的五六个小都市和镇町而已。中学的寒暑假，我总是待在家里无所事事，随手拿起兄长们的藏书打发时间，从没想过要去哪里旅行。

上了高等学校后，一放假我就去找在东京读雕刻的那个哥哥玩，几乎没回过老家。自从到东京上大学后就再也没回去过，已经十几年不曾返乡了。可以说，我对津轻那片土地几乎一无所知。我系紧绑腿，有生以来第一次踏遍津轻的每个角落。我搭上一艘小蒸汽船从蟹田前往青森。

---

① 一九四四年五月，太宰治接受小山书店的委托踏上了返乡之旅，并将途中见闻写成《津轻》一书，于同年十一月由小山书店出版。

穿着一身破烂衣服的我仰躺在舱顶上，即使飘起了小雨也任由身上被淋湿，只管大啖蟹田特产的螃蟹脚，好整以暇地望着昏郁低沉的天空。那一刻的孤单寂寥，让我永难忘怀。到头来，我在那趟旅程发现的是“津轻朴拙的一面”。那是一种拙劣。那也是一种笨拙。那是一种无法通过文化来呈现其样貌的困惑。我也在自己身上感受到同样的情况，但与此同时，也觉得那是健康的。会不会有某种全新的文化（一看到“文化”这个词汇总让我毛骨悚然。以前我甚至把它写成“文花”），从哪里开始萌芽呢？会不会由此萌发出一种崭新而充满情感的呈现方式呢？我带着对自己血液中流淌的地道津轻禀性的自豪，信心满满地回到了东京。换言之，我发现在津轻找不到那种名为文化的玩意儿，因此，身为津轻人的我，当然也绝不是一个文化人。这个发现让我心神轻松又爽快。从津轻回来之后，我察觉自己的作品似乎起了一点变化。我以“津轻”为题，将旅中见闻写成一部长篇小说发表。接下来，我出版了短篇小说集《新释诸国故事》[①]，然后是以鲁迅在日本的留学为素材的长

① 一九四五年一月由生活社发行。

篇小说《惜别》[1]，以及短篇小说集《御伽草纸》[2]。我认为身为日本作家，即使在那时候死去，自己也已经有足够的作品留传后世了。其他作家都太不积极了。

那段时间，我两度遭受战火之灾。《御伽草纸》完稿后，我预支了版税，终究还是带着全家人去了津轻的老家。

我们一家四口在甲府第二次受到战火波及，无处栖身，只好前往津轻，经过整整四个昼夜，总算回到了津轻的老家。

那段旅程可以说是困难重重。七月二十八日早晨从甲府出发，在大月附近遇到空袭警报，下午两点半左右抵达上野车站，立刻加入长长的候车队伍，等了八个钟头，准备搭乘晚上十点十分发车的奥羽干线火车驶往青森，不巧就在我们即将进入票闸门的前一刻，空袭警报大作，车站里瞬间漆黑一片，人们再也顾不得依序排队，尖叫声此起

---

① 太宰治于一九四四年十二月接受情报局与文学报国会的委托，前往仙台收集鲁迅在当地留学时的相关资料。该书于一九四五年九月由朝日新闻社发行。

② 日本室町时代至江户初期的短篇故事通称，多数是具有寓意的童话故事。太宰治这本书于一九四五年十月由筑摩书房发行。

彼落，疯狂挤向票闸门，我和妻子怀里各抱着一个孩子，没办法和旁人一样跑得那么快，等我们好不容易到了火车旁，车上已经挤满了人，不管是从车窗还是车门都挤不上去了。我们茫然地站在月台上，听见火车发出如叹息般的汽笛声，费力地启动了。那天晚上，我们只能躺在上野站票闸口的地面和衣而睡。黎明前，车站广播通知青森一带遭到了烧夷弹轰炸。明知如此，我们还是非去青森不可。只要是朝北方行驶，不管任何火车我们都搭，希望能够尽量接近目的地。于是，我们搭上隔天早上五点十分驶往白河的火车，于十点半抵达白河。下车后，我们在月台上等了两个小时，于下午一点半换乘再往北行的火车，终点站是小牛田。我们是从车窗爬进车厢的。中途经过的郡山站遭到了轰炸。晚间九点半，我们抵达小牛田站，又在票闸口前睡了一夜。我们身上带了三天份的粮食，问题是当时正值酷暑，饭团都发酸了，饭粒像纳豆一样拉丝，咬一口，嘴里黏糊糊的，实在没办法吞下去。由于我们还带了一升米，天刚破晓，妻子就于昏暗中在小牛田站附近挨家挨户敲门，希望能够拿这些生米换饭团，后来终于有一户人家答应，换得四颗相当大的饭团。我大口咬下，嘴里突然发出咔咔声，吐出来一看，原来是梅干，还把梅核咬碎了。牙口不好的我，居然把梅干里面那么坚硬的梅核给咬碎了，太可怕了。

写到这里，才只是归乡路途的三分之一左右，但想必读者已经看得不耐烦了。

接下来虽然还有种种悲惨的遭遇，但就此打住。总之，我们费尽千辛万苦终于抵达了家乡，没料到家乡当时正被舰载战机[①]轰炸，民众同样四处奔逃。

我心想，就算要死，能够死在故乡，或许也是一种幸福。没过多久，日本宣布无条件投降了。

从战争结束到现在，已经快五个月了。这些日子以来，我写了新闻连载的长篇，以及几部短篇小说，并将独创的技巧运用在短篇小说里。不是篇幅短就称得上是短篇小说。国外的短篇小说最早由《十日谈》[②]开启滥觞，近代则有梅里美[③]、

---

① 配备于航空母舰的战机。

② 意大利文艺复兴时代作家乔万尼·薄伽丘（Giovanni Boccaccio，一三一三—一三七五）的写实主义短篇小说集。

③ 梅里美（Prosper Mérimée，一八〇三—一八七〇），法国现实主义中短篇小说家。

莫泊桑、都德[①]、契诃夫[②]等人各放异彩。日本自古以来在这个领域尤其擅长，所谓“××物语”几乎全都是短篇小说。到了近代，不但出现了井原西鹤[③]这位大师，还有明治年间的森鸥外[④]文笔格外生动，接着进入大正时期，包括志贺直哉[⑤]、葛西善藏[⑥]、芥川龙之介、菊池宽[⑦]，等等，熟知短篇小说技巧的作家不在少数，至于昭和时代初期，则以井伏先生最为出类拔萃。近几年的作家几乎乏善可陈，只要稿纸张数少就归类在短篇小说中。战争已经结束，往后在写作上可以随心所欲了，我想重现失传已久的短篇小说写作技

---

① 都德（Alphonse Daudet，一八四〇—一八九七），法国写实主义小说家。

② 契诃夫（Anton Pavlovich Chekhov，一八六〇—一九〇四），俄国短篇小说家。

③ 井原西鹤（一六四二—一六九三），日本江户时代作家，被誉为“日本近代文学大师”。

④ 森鸥外（一八六二—一九二二），本名森林太郎，日本作家、翻译家、军医。

⑤ 志贺直哉（一八八三—一九七一），日本小说家，白桦派代表作家之一。

⑥ 葛西善藏（一八八七—一九二八），日本作家。

⑦ 菊池宽（一八八八—一九四八），日本小说家，文艺春秋出版社创办人。

巧，于是写了三四篇送到杂志社。写着写着，却陷入了严重的忧郁。

我满肚子气愤，真想喝酒解闷。依我看来，日本的文化比过去更堕落了。某些所谓的“文化人”最近一下子嚷嚷着某某主义，一下子又嚷嚷着某某主义，听在我耳中，全都带有那种明显的沙龙思想。假如可以昧着良心，搭上这班顺风车，或许我也可以跻身“成功者”的行列。可惜我这个土包子脸皮薄，实在办不到。我无法欺骗自己的感受。那些主义已经失去了发明之初的真实性，简直像是从原本的主体游离出来，变成另一种新的现实存在于这个世界，不停地空转。

新的现实。

全然崭新的现实。啊，我渴望更加、更加高声呐喊这句话！不能试图逃离那里。不可以假装没事。难以解决的苦恼。几天前，有个年轻人来找我抱怨食物不够令他很忧郁。我这样告诉他：

“少骗人了！你的忧郁不是因为食物不够，而是为了道德而苦闷吧？”

这位年轻人点了点头。

我深切地感受到，日本如今的“新文化”对于我们当前最关心的事、最感到内疚的事，连看都不看一眼，就这样从旁边走了过去。

或许我终究只是个完全不懂“文化”、脑筋不好的津轻农家子弟。当我穿上雪靴踏雪而行时，那模样怎么看都是个乡巴佬。然而，从今天起，我这个不精明、笨拙、迟钝的乡巴佬，就要带着这个最简单的疑问，奋力闯出一条路来。如果说我身上有什么值得当成靠山的，唯独“津轻乡下人”这一样而已。

十五年来，我离乡背井，幸而故乡一如往昔，而我也从未“脱胎换骨”成干练的都市人。非但没有，甚至还变得越来越土气、越来越憨直。“沙龙思想”和我，更是渐行渐远。

最近我帮仙台的一家报社写长篇小说《潘多拉的盒子》①，在此节摘录其中一段如下，作为这犹如噩梦一场的

---

① 太宰治一九四六年于河北新报社发行的作品，故事原型来自太宰治的读者木村庄助的病中日记。内容为一个二十岁的男子住在一家名为“健康道场”的结核病疗养院里养病时寄给亲友的信札。此处摘录的部分是主角和同室病友的谈话内容，“卡坡雷”是二十八岁的单身泥水匠，“越后狮子”是品行端正、曾任报社记者的中年男士，“硬面包”是二十六岁的法律系学生。

十五年间回忆手札的结尾。

（前略）不知道是外头的风雨交加使然，还是在昏黄灯火的催化下，那天夜里，我们四个室友难得又聚在一起，围坐在越后狮子点燃的烛火旁畅所欲言。

"那个叫什么自由主义者的，到底是啥意思啊？"卡坡雷压低了声音询问。不知道他在害怕什么。

"在法国呢……"硬面包之前在英文上吃了闷亏，这回换成卖弄法国的知识了，"有一群放荡主义者[①]，他们崇尚自由思想，行为放荡。17世纪曾经风行一时，算起来是距今三百年前的事了。"他挑了挑眉，说得煞有介事。

"这些家伙极力鼓吹宗教自由，手段相当粗暴！"

"哦，原来是一群暴徒啊。"卡坡雷露出了颇为意外的表情。

"这个嘛，也可以这么说。他们常像无赖汉那样过日

① Libertin。放荡主义属于自由思想哲学，不受宗教信仰、社会规范与道德观念束缚。

子。比如那出很有名的戏，叫什么《风流剑客》[①]的，那个大鼻子西哈诺就可以算是当时的放荡主义者。他勇于反抗当权派，锄强扶弱。那个时代的法国诗人多半都是那样的。说起来，与日本江户时代的侠客有几分相似。”

“啥？”卡坡雷笑了出来，“照你这么说，幡随院长兵卫[②]也是自由主义者喽？”

硬面包依旧板着面孔继续说：

“这样说也没什么不妥。总之，17世纪的法国放荡主义者多数都是那样的，与现代的自由主义不太一样。或许花川户助六[③]，还有鼠小僧次郎吉[④]，也属于这一类人。”

“哦，还有这种事啊？”卡坡雷显得很兴奋。

正在缝补拖鞋的越后狮子见状，跟着咧嘴一笑。

“说穿了，这种自由思想……”硬面包越说越严肃，“其

---

① *Cyrano de Bergerac*，一八九七年上演的舞台剧，描述17世纪的法国侠义剑客西哈诺因有个大鼻子，而不敢向心仪的女性示爱。一九九〇年改编为同名电影（中译《大鼻子情圣》）。

② 幡随院长兵卫（一六二二—？），日本江户时代庶民，被誉为日本第一位侠客。

③ 花川户助六，日本古典歌舞伎中著名的侠客人物。

④ 鼠小僧次郎吉（一七九七—一八三二），日本江户时代的知名义贼。

本质就是反抗精神。或许也可以说是破除陈旧的思维观念。这种思维并不是在挣脱压制和束缚时才萌生出来的，而是在受到压制和束缚的同时所产生的具有奋起抗争性质的反应。举个常见的例子来说，有一天，鸽子向神明许愿：'我在空中飞的时候，总会受到空气的阻拦，飞不快。求神明把空气这玩意儿变不见！'神明答应了鸽子的愿望。可是从此以后，鸽子再怎么使劲拍翅都飞不上天了。故事里的鸽子就代表自由思想。有空气阻力，鸽子才能飞上天空。缺乏抗争对象的自由思想，就如同在真空管里拍打翅膀的鸽子，怎么飞也飞不起来。"

"听起来有点像某个男士的名字[①]呢？"越后狮子停下修补拖鞋的动作，问了硬面包。

"啊，"硬面包抓了抓后脑勺，"我不是那个意思，只是转述康德说过的例子。我一点都不了解日本政界的现状。"

---

① 此处或指日本政治家鸠山一郎（一八八三—一九五九），曾任第五十二至五十四届内阁总理大臣。一九四六年，日本举行"二战"结束后的首度国会大选，时任自由党党魁的鸠山一郎在选战中获得多数席位，准备组阁之际却因其极右派的经历而被盟军总司令部禁止担任公职。

“不过，往后所有的年轻人都享有选举权和被选举权，还是得多多少少知道一点。”越后狮子俨然一派长老风范，泰然自若地说道，“不妨这么说，自由思想会随着时代的不同，呈现截然不同的意义。凡是为了追求真理而奋斗不懈的那些天才，每一位都可以称为自由思想家。我甚至认为，自由思想的鼻祖是耶稣基督。‘所以我告诉你们，不要为生命忧虑……你们看那天上的飞鸟，也不种，也不收，也不积蓄在仓里’，这样的自由思想实在令人赞叹！依我之见，一切西方思想都是以耶稣基督的精神作为基础，有些加以进一步阐述，有些予以浅显说明，有些对其提出质疑。总之，看似百家争鸣，实为万流归宗，而源头就是那本《圣经》。就连科学也不能说没有相关。物理界也好，化学界也罢，科学的基础都来自假说，根据肉眼无法辨识的假说作为研究的起点。所有的科学，都是从信仰假说出发的。日本人在研究西方哲学或科学之前，必须先研究《圣经》才行。我并不是基督徒，但我的看法是，日本之所以输掉了那场战争，就是因为没有先仔细研究《圣经》，只囫囵吞枣地学到了西方文明的表象。如果不了解耶稣基督的精神，根本不可能彻底理解自由思想，甚或其他各种思想。”（中略）

“（前略）所谓十年如一日、恒久不变的政治思想，无疑是痴人说梦。（中略）耶稣基督也说过，‘不可背誓’，又说‘不要为明天忧虑’，他不正是自由思想的先驱吗？还有，‘狐狸有洞，天空的飞鸟有窝，人子却没有枕头的地方’，这一段话也可以视为自由思想家的感叹。倘若连一天安稳的日子都没有，自然迫使人们不得不主张‘苟日新，日日新，又日新’了。日本到今天还停留在痛斥昨日军阀官僚的阶段，那可不是自由思想，而是不折不扣的真空管里的鸽子[①]。如果是真正有勇气[②]的自由思想家，此时此刻应当不顾一切大声呼喊。（中略）必须大声呼喊：‘天皇陛下万岁！’这声呼喊在昨天之前可谓了无新意，而陈腔滥调多半是骗人的伎俩[③]；然而时至今日，这已经成为崭新的自由思想了！因为，今天的‘自由’与十年前的‘自由’，含义已经不同了。现在的‘自由’不再属于神秘主义，而是人

① 《潘多拉的盒子》此处原文为“便乗思想で．る（而是投机思想）”，而非“不折不扣的真空管里的鸽子”。
② 《潘多拉的盒子》此处原文没有“勇気あ．（有勇气）”。
③ 《潘多拉的盒子》此处原文没有“古い．こ．か诈欺だ．た（而陈腔滥调多半是骗人的伎俩）”。

类与生俱来的爱！（中略）

我听说美国是个自由的国度，这个国家必定会同意日本为真正的自由所发出的这一声呼喊。”

《文化展望》昭和二十一年

寻人

我想向这本《东北文学》杂志借用一点宝贵的版面。至于为什么要借用《东北文学》杂志的版面，理由详述于后。

众所周知，这本《东北文学》杂志是由仙台的河北新报社发行，当然在关东、关西、四国、九州岛的店家同样陈列贩卖，但我猜想，这本杂志的主要读者群应该还是以东北地区，并且是仙台一带的人居多。

基于上述原因，我唯一的希望，只能寄托在《东北文学》杂志一隅了。

事情是这样的，我想找个人。但我既不知道对方的大名，也不知道对方住处，只能猜测或许就住在仙台市或是仙台附近地区。我想寻找一位女士。

我之所以想到商请这本于仙台市发行的《东北文学》杂志刊登拙作，就是因为认为那位女士可能住在仙台市或是市区附近，也许会看到我的这篇手札。即使她本人没看到，说不定有万分之一的机会恰巧由她的亲朋好友看到之后转告她……不不不，太难了，怎么可能那么凑巧……不不不，我非常明白这事比登天还难，然而即便知道不可能那么凑巧，我也非得怀着一线希望，否则实在寝食难安。

“小姐，感谢您当时出手搭救。那个乞丐就是我。”

这句话无法传到那位女士的耳中，就如同一位勇士捐躯之后，某人搭上飞机，飞到那位勇士长眠的战场上空时投下一束花致意。那束花绝对无法准确落在那位勇士的埋骨之地。或许会掉在远方森林的鹫巢里，吓得雏鹫拍翅惊叫。又或许会落在海面上，随着波浪漂荡浮沉。毕竟，问题不在于能否传到那位女士的耳中，而是说出这句话的人，或者说投下那束花的人必须这样做才能心安，这就够了。我知道这种想法非常自私，但还是非说不可：

“小姐，感谢您当时出手搭救。那个乞丐就是我。”

昭和二十年七月底，我们一家四口在上野搭了火车。我们先在东京遭到战火之灾，于是搬到甲府避难，结果甲府那边又被烧得精光，而战争还没有结束。我心想，既然难逃一死，不如死在故乡来得省事，于是带着妻子和五岁的女儿以及两岁的儿子从甲府出发，当天抵达上野后立刻换搭驶往青森的快车。没料到的是，在上野站时不巧空袭警报大作，挤满车站的数千名旅客杀气腾腾地直往月台冲，带着小孩的我们在一阵推挤中不是被左踢一脚就是右撞一记，终究没能搭上那班快车，那天只好在上野站票闸口旁窝了一晚。那是个可怕的月夜。深夜时分，我独自去外面走了走。这一带几乎都已惨遭祝融之灾肆虐。我沿着上野公园的石阶拾级而上，站在南洲[①]的铜像旁，远远地望向浅草那方。

眼前的景象宛如湖底丛生的水草。这就是我对东京的最后一瞥。这就是自从十五年前进入那一所位于本乡的学校[②]以来，对这个孕育我成长的东京的最后一瞥。

一想到这里，我实在无法抑遏心中的激动。隔天早晨，我们搭乘从上野站出发的第一班列车。我们毫不在意那辆

---

① 西乡隆盛之号。

② 太宰治就读的东京帝国大学校区所在地。

火车要驶向何方，只要是朝北方走，哪怕只走二十几公里都无所谓，我们都会立刻跳上车。于是，我们搭上了清晨五点十分发车前往白河的班次。没多久就到白河了。下车后，打算于白河继续换搭哪怕再往北只走二十几公里的火车。下午一点半，前往小牛田的火车驶进了白河站，我们一家四口从车窗爬进了车厢。这辆火车和之前的不一样，车厢里挤满了人，再加上暑热难当，两岁的儿子贴在母亲敞开衣襟的胸脯上不停地抽噎。小儿子出生时由于母体营养不良，一生下来既小又弱，母乳不足也导致他发育不良，他现在的状态几乎只是还会动而已。五岁的大女儿身体算是比较健康，但是在甲府受到战灾不久前罹患结膜炎，躲空袭时眼睛完全看不见，由我背着在火雨之中逃命，之后找到在战火下逃过一劫的医院接受治疗，就这样在甲府熬了三个星期左右，这孩子终于重见光明，我们这才得以带着她离开甲府。可是每到傍晚，这孩子的眼睛都会又被分泌物黏住，到了早上还是无法睁开，我用医生给的硼酸水给她冲洗眼睛，点上眼药后再等上一阵子她的眼睛才睁得开。那天清晨在上野站搭火车的时候，这孩子的眼睛一直睁不开，我用手指把她眼皮用力一拨，鲜血立刻冒出来。

换言之，我们一家当时的模样是：身上是脏衬衫、褪色深蓝棉裤、胡乱系缠的绑腿、胶底二趾布鞋、蓬头垢面没戴帽的父亲，还有披头散发又满脸煤灰、下穿束口劳动裤还袒露胸脯的母亲，以及罹患眼疾的女孩，哭叫不休的瘦干巴男孩，一个不折不扣的乞丐家族。

小儿子抽抽噎噎哭个不停，妻子把乳房塞进他嘴里，他可能知道根本吸不到奶而别开脸，甚至整个身子奋力往后仰，哭得越发凄厉。站在旁边的一个同样带着孩子的太太看不下去了，向妻子搭话：

“没有奶水吗？给我抱一下，我还有奶。”

妻子把正在号哭的儿子交给了那位太太。可能是因为那位太太的乳房有充沛的奶水，孩子一下就不哭了。

“哎呀，您家儿子真乖巧，吃起奶来这么文雅。”

“哪儿的话，只是因为身子弱。”

听到妻子的解释，那位太太的表情显得有些苦涩，勉强挤出一丝笑意。

“我家孩子吃起奶来粗里粗气的，吸得我都疼了，这个小少爷是不是太客气了呢？”

那个虚弱的孩子嘴里含着不属于自己母亲的乳房，在另一个人怀里睡着了。

火车抵达了郡山站。车站似乎刚刚遭到轰炸，甚至还能嗅到火药味，倾圮的车站建筑笼罩在飞扬的蒙蒙黄沙之中。

当时东北地区受到猛烈的轰炸，仙台已经烧掉了大半。我们睡在上野站水泥地的那一晚，敌机对青森市实施烧夷弹攻击。随着火车驶向北方，沿路听到乘客交换各种流言蜚语，一会儿说这里被炸了，一会儿又说那里也被炸了，尤其青森地区受灾情况最为严重，甚至还有人煞有介事地夸大其词，说是青森县全县交通中断了。一想到究竟什么时候才能到达津轻北边的故乡，心情顿时跌到了谷底。

过了福岛，乘客少了一些，我们总算有位置坐下来了。刚喘口气，旋即担心起粮食不够了。我们身上带了大约三天份的饭团，可是天气太热，饭粒像纳豆一样拉丝，吃进嘴里黏糊糊的，根本无法下咽。小儿子可以冲奶粉给他喝，不过得用热水才冲得开，只好等火车停靠站的时候向站长解释情况，索讨一些热水来冲奶，在火车行进间就把蒸糕剥下来小口小口给他吃。可是现在连蒸糕的外皮也已经发黏，非扔不可了。剩下的食物就只有炒黄豆了。另外还带着一些生米，等到中途在某一站下车时，说不定可以拿来和旅社换成熟饭，到时候就能派上用场了。问题在于眼下几近断粮了。

我和妻子还能靠着嚼炒黄豆和喝水熬个一两天，但是五岁的女儿和两岁的儿子肯定要饿肚子了。多亏刚才那位太太的奶水，小儿子睡得迷迷糊糊的，大女儿则吃腻了炒黄豆，瞪大眼睛直盯着别人饭盒里的饭菜瞧，眼看着口水就快淌下来了。

唉，人类一定得吃东西才能活下去，实在太不体面了。我之前就向妻子宣示过："欸，万一这场仗再拖下去，为了一颗饭团都得你争我抢才活得下去，到那个时候，我可不想活下去了。我会放弃参加饭团争夺战的资格。很遗憾，你也先做好心理准备，到时候和孩子一起死吧。到了这种局面，那已经是我想保有的最后一点自尊了。"我觉得，"那个时候"就是现在了。

我漫不经心地看着窗外的风景，心里没有任何好主意。火车在某个小站停靠，上来一位提着满满一笼桃子和西红柿的太太。

那位太太立刻被许多乘客团团围住，窸窸窣窣地和她商量着什么。“不行啦！”那位太太似乎颇为强悍，提高嗓门拒绝了乘客们的要求。“这不是拿来卖的！让一让嘛，我要过去啦！”只见她拨开人群，直直朝这边走了过来，在我旁边一屁股坐了下来。那一刻，我的心情很复杂。脑子里转着下流的念头，甚至有种错觉——自己该不会是极度通晓女性心理的某种色魔吧？虽然不至于有色魔是一身破烂还带着两个孩子的，总之，我开始悄悄发动了心理战。当其他乘客垂涎那只水果笼而挤成一团吵闹不休时，我假装事不关己，依然满不在乎地看着窗外的景色，其实心底对笼子里的东西比任何人都更有兴趣，但还是忍住连瞄都不瞄一眼那边。一想到这个策略或许可以奏效，不禁觉得自己似乎有勾引女人的才华，顿时心中有愧。

“上哪儿？”

那位太太口吻急躁，向坐在前面的妻子搭话。

“比青森还远一点。”

妻子冷淡地回答。

“那还得搭好久哪！被炸了吧？”

“嗯。”

妻子本就是个话不多的女人。

“在哪里？”

“在甲府。”

“带着孩子跑真难为你了。要不要来一些？”说着，她很快地把十几颗桃子和西红柿放到妻子腿上，“快藏起来。被其他家伙瞧见，又要不得清静了。”

果然，有个男人靠了过来，把偌大的纸钞攒在手心故意给那位太太瞥了一眼，压低声音对她说：“多少钱我都付，卖我吧！”

“烦不烦哪！”那位太太皱起眉头，“就说了这不是拿来卖的呀！”她嚷嚷着把男人赶走了。

紧接着，妻子采取了不妙的举动。她突然把钱塞进那位太太的手里。

“这！”

“别！”

“不！”

“快！”

“请！”

下一刹那，几乎听不出语意的轻呼声从两人口中如火花般接连迸了出来。她们手里也没闲着，以目不暇接的速度忙着把钱推过来又推过去。

“人道！”

我没听错，那位太太嘴里突然迸出了这个词。

“你太失礼了。”

我随即低声责备了妻子。

这段过程写起来虽然占了不少篇幅，实际上从妻子掏出钱，接着两边火花四溅，然后我介入仲裁，最后妻子不情愿地把钱收回去，前后不到五秒。真的快得像电光石火一般，一眨眼就结束了。

根据我的观察，那位太太虽然坚持“这不是拿来卖的”，但应该是个生意人没错，只是不想在火车上贩卖而已。我不清楚她是否要把水果带回自己家卖给特定的人，总之这些水果绝对是“商品”错不了。不过，既然她甚至脱口说出“人道”这般可钦可佩的字眼了，我们就不能以做买卖的方式来对待她。

人道。

对于这个太太的心意，我当然必须心怀感激与喜悦，可是与此同时，心底也受到了一丝震撼。

人道。

我不知道该说什么话向她表达谢意。思忖再三，决定把我带在身上最宝贵的东西，送给这位太太。现在还剩下大约二十支香烟。我抽出十支，递给了她。

那位太太并没有像刚才看到钱时那样强烈拒绝。我总算松了口气。她在仙台之前的一个小站下了车。等她下车以后，我向妻子苦笑，悄悄说道：

"'人道'那两个字实在太让我吃惊了。"

这句话仿佛在背地里挖苦恩人似的。该说是乞丐嘴硬不服输呢，还是虚荣心作祟呢？这种心态有点像尝过了美国的乌贼罐头之后，又小声抱怨不好吃[①]。

我们的计划是，先搭这班火车到终点站的小牛田再说。听说如果搭乘东北干线的火车，会在离青森市还很远的地方就被勒令下车，而且可以想见干线火车的车厢必然异常拥挤，我实在没有自信带着妻儿成功钻过人群。不如换个方式，从小牛田穿越陆地往日本海的方向前进，也就是从小牛田换搭陆羽线火车到山形县的新庄，接着换搭奥羽线火车北上，过了秋田在东能代站下车，然后改坐五能线火

---

① 美国罐头在当时是昂贵的商品。

车，也就是说，从青森县的后面绕过去到五所川原站下车，最后再换乘班次沿着津轻铁道回到我生长的家乡，一个名叫金木町的地方。想起来真是前路茫茫，这趟旅程就算顺利也得整整耗上三昼夜。幸好得到桃子和西红柿的馈赠，至少大女儿今天这一整天的食物有着落了，可是小儿子要是等一下醒过来，又要放声号哭讨奶喝该怎么办呢？火车还得走上四个多小时才到小牛田吧。就算到了小牛田，应该也快晚上十点了，那么晚了一定找不到人家愿意帮我们冲奶粉或煮稀饭。

若是仙台没遭到祝融之灾，我在仙台还能找到两三个熟人，可以在那一站下车，请他们尽量帮帮忙。可惜大家都知道，仙台市几乎一半都烧毁了，所以这个办法也行不通……唉！不管了，小儿子肯定会饿死了！我也活了三十七年，尝尽各种苦头，仔细想想，这三十七年简直一无是处……我脑中愚蠢的想法千丝万缕纠缠不清。大女儿正在剥桃子皮，眼看着小儿子就快醒来，又要闹脾气了。

“已经没东西能给他吃了吧？”

“是呀。”

“要是有蒸糕就好了……”

“蒸糕的话……嗯……我这里有……”

忽然间，有个不可思议的微弱声音从天上飘了下来，仿佛响应着我那绝望的祈求。

我一点也没夸张。那声音的的确确就在我的头顶上。转身抬头一看，似乎一直站在我后面的年轻女士正伸长了手要把摆在网架上的白色帆布包拿下来。接着，她把一只里面好像有很多蒸糕的干净牛皮纸包摆到了我的腿上。我没有作声。

“嗯……这是中午刚做好的，我想应该可以吃。还有……这是红豆饭。还有……这是鸡蛋。”

牛皮纸包一只接一只地堆到了我的腿上。我一句话都没说，只是怔怔地望着窗外。在夕阳的映照下，红彤彤的森林宛如正在冒着熊熊火焰。火车停下来，到仙台站了。

“我先下车了。小妹妹，再见。”

那位女士说完，很快就从我座位旁边的车窗爬出去，下车了。

我和妻子都来不及向她道声谢。

我想找到那位女士，我很想找到她。她年纪约莫二十岁，当时身穿的服装是白色短袖衬衫，以及久留米碎白点花纹的束口劳动裤。

如果见到那位女士，我想这样告诉她。我很想用悔恨的语气这样告诉她。

“小姐，感谢您当时出手搭救。那个乞丐就是我。”

《东北文学》昭和二十一年

美男子与香烟

我一路走来，始终是单打独斗，如今却觉得自己随时可能败下阵来，心里越发惶惶不安。尽管如此，我依然不愿意向自己多年来蔑视的那些人低头认错，央求让我成为他们的一员。于是，我只好仍旧独自一人，啜饮着劣酒，持续进行那一场属于我的战斗。

我的战斗。一言以蔽之，那是与因循守旧之人之间的战斗，那是与屡见不鲜的矫揉造作之间的战斗，那是与显而易见的阿谀奉承之间的战斗，那是与缺乏远见的事、心胸狭窄的人之间的战斗。

我愿意向耶和华发誓，为了坚持战斗，我已经失去了自己的一切。虽然这样，我依然只能借由独酌来逃避现实，并且眼看着就要败下阵了。

那些因循守旧之人，心地并不善良。他们厚颜无耻地高谈阔论，用极为陈腐的不知道是文学论还是艺术论，践踏拼命萌芽的幼苗，更可怕的是，从来不曾觉察到自身犯下的罪恶。他们推也推不动，拉也拉不倒，只是一帮由贪生怕死、惜财如命、妄想出人头地以讨妻儿欢心的人所组成的狐群狗党。他们彼此吹捧，团结一致，欺凌势单力薄的孤军。

我快要败下阵了。

几天前，我正在某个地方喝着劣酒，恰巧来了三位年长的文学家。他们与我素不相识，却倏然将我团团围住，醉言醉语地批评我的小说，而且他们的指摘根本错误百出。我很重视酒品，喝得再多也绝不愿酒后失态，因此当场只笑着听他们大放厥词，直到返家吃着迟来的晚饭时才备觉委屈，忍不住啜泣起来，越哭越大声，终于把碗筷全搁下来号啕大哭，向在一旁伺候饭菜的妻子哭诉：

“那些人……那些人……居然把我呕心沥血的作品……当成上不了台面的东西……那些人是前辈，比我大上十几二十岁，却联合起来否定我……太卑鄙了！太狡猾了！……我决定了，既然如此，我也不客气了，我也要公然批评那些前辈，和他们奋战到底……他们实在太过分了！”

我就这样语焉不详地叨叨絮絮，最后甚至纵声号哭。妻子被吓坏了，连忙劝慰我：“去睡觉了，好不好？”并且送我上床。我缩在被窝里，仍旧满腹委屈，抽抽噎噎了好长一段时间都停不下来。

唉，活在世上实在没意思。尤其是男人，活得更痛苦、更悲哀。男人的一生无时无刻不在战斗，而且非得战胜不可。

就在委屈痛哭过后的几天，某家杂志社的年轻记者来找我，给了一项奇特的提议。

“您想不想去看看上野的流浪汉？”

“流浪汉？”

“对，敝社想拍一些您与流浪汉的合照。”

“我和流浪汉的合照？”

“是的。”

记者镇定地回答。

为什么要特地挑上我呢？提到太宰，就想到流浪汉；说到流浪汉，便想到太宰——莫非我和流浪汉之间有这样的联系吗？

“我愿意去。”

我似乎有个习癖，委屈得泫然欲泣时，反而会基于本能奋发振作，挺身与敌军对抗。

我立刻起身换上西装，催促那个年轻记者快点出发，一起走出家门。

那是个寒冷的冬晨。我拿手帕擤了鼻水，不发一语地迈着步伐，心情格外沉重。

我们从三鹰站搭上省线列车到东京站，再换搭市营电车。那个年轻记者先带我去了杂志社，一带我进入会客室，就立刻拿出威士忌来招待我。

依我猜想，杂志社的编辑部想必以为太宰胆子小，如果不喝点威士忌壮胆，根本不敢和流浪汉交谈，所以特地费心招待我喝酒。坦白说，那瓶威士忌的味道实在太奇怪了。各式各样、稀奇古怪的酒我都喝过了，绝对不是故意端架子，以示自己只喝昂贵的好酒，但我真的是第一次尝到浑浊的威士忌。瓶身做工考究，也贴着高级的酒标，但是里面的酒液却浑浊不清，可以说是威士忌中的浊酒了。

不过，我还是把酒喝了，而且是咕嘟咕嘟地仰头饮尽，喝完之后，还向聚到会客室里的记者们劝酒。但是大家只面带微笑，没有人喝。据我所知，那几位记者多数是酒国英雄，可是没有一个愿意喝。如此看来，就连酒仙也对这威士忌中的浊酒敬谢不敏。

唯独我一个人喝得醉醺醺，笑着说道：

“你们这样太失敬了吧？连自己都不喝的古怪威士忌，却拿来招待客人，岂不是太过分了吗？”

几位记者察觉太宰已经喝醉，必须趁他还有几分酒意之际，尽快让他与流浪汉见面，也就是俗话说的“机不可失”，于是他们立刻把我送上汽车，载到上野站，带我前往被称为流浪汉巢穴的地下道。

可惜的是，这些记者周详的计划似乎称不上圆满成功。进入地下道之后，我没有左顾右盼，径直迈步向前，就这样走到接近地下道的出口处，发现有四个少年在烤鸡肉串的店家前面抽烟，这一幕让我非常不舒服，于是走上前去对他们说道：

“不许再抽烟了，抽烟只会让肚子更饿，不许抽！要是想吃鸡肉串，我买给你们。”

少年们听话地扔下抽了一半的烟。四个都还只是约莫十岁的孩子。我吩咐烤肉摊的老板娘：

“喂，给这些孩子一人一串。”

我对这些孩子产生了特殊的情感。

这样算是行善吗？真受不了。我倏然想起瓦雷里说过的话，心里越发难受。

假如我当时的行为由庸俗之人看来，多多少少是一种体贴的举动，那么即便瓦雷里对我嗤之以鼻，我也无话可说。

瓦雷里曾经说过——在行善的时候，心中必须常怀歉意。因为世上最伤人的莫过于善意。

我心里仿佛染了风寒那般不舒服，垂头丧气地大步走出地下道。

四五名记者从后面追了上来，其中一位问我：

“您有什么感觉呢？这里和地狱没什么两样吧？”

另一人紧接着问道：

“总之，这里像另一个世界吧？”

又有一位追问：

“您很讶异吧？感想如何？”

我哈哈笑道：

“地狱？怎么可能。我一点也不讶异。”

我边说边走向上野公园，话渐渐多了起来。

“其实，这一路上我什么也没看到，满脑子想的都是自己的痛苦，只看着正前方快步穿过了地下道。不过，现在我终于明白你们为什么特地挑上我来看这条地下道了。肯定因为我是个美男子。”

众人大笑起来。

“不，我不是在说笑。你们也许没注意到。我虽然一路直行，仍然注意到那些窝在阴暗角落里的流浪汉，几乎都是相貌端正的美男子。换句话说，美男子比别人更有机会沦落到住在地下道。你也是个肤色白皙的美男子，危险哦，得多加小心。我也会小心的。”

他们又爆出了大笑。

那些人就是像这样趾高气扬，不管别人说什么依旧自以为是，等到回神过来，赫然发觉自己已经窝在地下道的角落里，不再是个像样的人了。我单是这样快速穿过地下道，依然真真切切地体悟到那种令人寒毛直竖的感觉。

“除了那些人都是美男子之外，您还有其他的发现吗？”

我回答他们：

“还有香烟。那些美男子看起来都不像是醉鬼，但是几乎都抽烟。香烟其实不便宜，如果有钱买烟，应该买得起一张席子或是一双木屐，可是他们都光着脚板直接躺在水泥地上，就这样吞云吐雾。人们……应该说这年头的人，纵使坠落万丈深渊、全身上下一丝不挂，依旧坚持当个瘾君子。其实我没资格指责别人，因为我似乎可以感同身受。照这样看来，我住进地下道的机会又大增了。”

我们走到上野公园前方的广场。刚才那四个少年正在冬日正午的阳光中开心地玩耍。我不自觉地向那群少年走去。

“请停一下、请停一下！”

一位记者将相机举向我大喊，拍下了照片。

“这次请笑一笑！”

那名记者从镜头后面又喊了一句。其中一个少年看了我，笑着说：

“这样面对面互看，忍不住要笑出来哩。”

我也跟着他笑了。

天使在神的旨意下失去双翼，宛如降落伞一般，从空中翩翩飘落到世界的各个地方。我降落在北国的雪地，你降落在南国的橘园，而这群少年降落在上野公园。

我们之间的差异仅仅是这样而已。几位少年啊，你们要快快长大，但是绝对不要在意自己的相貌，不要抽香烟，除了节庆的时候也不要喝酒。还有，请永远爱着性格内向又有点漂亮的女孩。

附记

之后，记者将当时拍下的照片送来给我。除了我和流浪儿相视而笑的照片，还有一张我蹲在流浪儿前面握住其中一人的脚、姿势相当奇怪的照片。假如这张照片日后刊在杂志上，读者恐怕会对我不屑，误以为太宰是个假惺惺的家伙，故意摆出《约翰福音》里耶稣为门徒洗脚的动作，所以想先在这里解释一下。其实我只是好奇这些平常都赤足走路的孩子的脚底是什么样子，才会做出那样的举动。

再多说一桩有趣的插曲。这两张照片送来以后，我唤来妻子告诉她：

"这就是上野的流浪汉。"

妻子一脸严肃地端详照片，说道：

"哦，原来这就是流浪汉呀？"

我循着她的视线看去，顿时大惊，立刻叱道：

“你看到哪里去了？那个人是我啦！你连自己的丈夫都认不出来吗？流浪汉是另一位才对。”

妻子的性格极为严肃，不懂得诙谐逗趣。看样子，她是真的把我误认成流浪汉了。

《日本小说》昭和二十三年

眉山

这个故事发生在政府下令所有餐厅一律停止营业之前。

新宿一带同样受到这次战火的波及，不少地方都被烧毁了。不意外的，在一片废墟中，最早复业的是酒馆。位于帝都座[①]后面的那栋两层建筑就是其中一家，店号是若松屋。虽是赶工盖完的，倒也有模有样，不像临时搭建的木板房。

“如果没有那个眉山在，若松屋真是个好地方。”

“Exactly！那家伙太烦人了，根本是个 fool！”

我们抱怨归抱怨，仍然差不多每三天就去一趟若松屋，在位于二楼的六张榻席大的包厢里喝得烂醉，最后横七

① 当时位于东京都新宿区的电影院与剧场。

竖八地在那里呼呼大睡。我们在那家店享有特权，可以通融赊欠，事后补款。理由很简单，我位于三鹰的住家附近有一家店号同为若松屋的鱼铺，老板和我是多年的酒友，和我家里人也都熟识。鱼铺老板告诉我："我姐姐以前在筑地开酒馆，最近搬到新宿重新开张，你去捧捧场吧。她听我说了不少你的事，算是认识了，即使喝醉睡在那里也没关系。"

我一听完立刻光顾了，喝得醉醺醺的，就这样待在那里睡了一晚。鱼铺老板的姐姐年约五十，性情豪爽。

对我来说，最大的好处是能够赊账。每逢招待贵客，我多半带去那家店。我忝居小说家之列，按理说，来客应以小说家居多，实际上来找我的人有画家也有音乐家，唯独小说家少之又少，不，甚至可以说几乎没有。然而，新宿那家若松屋的老板娘却兀自认定我带去的客人全都是小说家，尤其那家店有个名叫小年的女侍，自称从很小的时候就一看起小说就茶饭不思，每回我带着客人走上二楼包厢时，她总是满脸好奇地问我这是哪一位。

"作家林芙美子[①]。"

---

① 林芙美子（一九〇三—一九五一），日本女性作家、诗人。

其实那是一位长我五岁的秃头西洋画家。

“咦，可是……”向来夸口自己一读起小说就茶饭不思的小年，脸色慌张地向我确认，“林作家是男士吗？”

“是啊。还有位老先生名叫高滨虚子①，另外也有个蓄着短胡子的绅士名叫川端龙子②。”

“他们都是小说家？”

“嗯，是啊。”

从那天起，那位西洋画家在新宿的若松屋就被称为林作家了。其实他是隶属于二科会③的桥田新一郎先生。

有一次，我和钢琴家川上六郎先生相偕前往若松屋二楼的包厢。我下楼如厕时，小年端着酒壶站在底下的楼梯口问我：

“那一位是谁？”

“你真烦哪，是谁又与你何干！”

---

① 高滨虚子（一八七四——一九五九），日本男性小说家、俳人，本名为高滨清。

② 川端龙子（一八八五——一九六六），日本男性画家、俳人，本名为川端升太郎。

③ 一九一四年，日本的民间美术团体组成了二科会并举办二科展，以有别于官方举办的文部省美术展览会。

我实在是被她烦透了。

“告诉我嘛，他是谁？”

“他姓川上啦！”

我动了怒，没和往常一样开玩笑，脱口说出他的本名。

“哦，我知道了，他是川上眉山[①]！”

她的极端无知并没有让我觉得诙谐，反而激得我火冒三丈，简直想揍她一顿，终于忍不住朝她吼了一声：

“蠢货！”

那天过后，我们在她面前照样唤她小年，但是私底下给她起了个眉山的绰号。后来甚至有人由此延伸，戏称若松屋为眉山轩。

这个眉山姑娘年约二十上下，身矮肤黑，脸扁眼小，简直找不出一项优点，唯独眉形是细细长长的一弧弯月，十分好看，与这个眉山的绰号格外贴切。

不过，她的无知、厚脸皮和喜欢凑热闹的缺点，实在让人难以忍受。即使楼下有客人在，她依然频频找借口上二楼钻进我们的包厢，而且明明什么都不懂，偏要自信满满地

---

① 川上眉山（一八六九—一九〇八），日本小说家。

插嘴。举例来说，有一次是这样的。我们之中某个人提到：

“可是，所谓的基本人权——”

“啊？”眉山立刻插嘴，“那是什么样的？是美国生产的吗？什么时候配给？”

原来她把“人权”误听成“人绢”[1]了。由于太过荒谬，在场的人觉得很扫兴，纷纷皱起眉头，没有人笑得出来。

只有眉山一个人满脸笑容，一个劲地追问：

“你们怎么都没人要告诉我呀？”

“小年，楼下好像有客人上门了。”

“没关系呀。”

“你怎么能说没关系呢……”

眉山越来越惹人不悦了。

“那丫头是不是白痴啊？”

我们趁眉山不在场的时候大吐苦水。

“实在说不过去。这家店本身倒是不错，唯一的败笔就是那个眉山。”

“她挺自以为是的，浑然不觉大家对她的嫌恶，还当自

---

① “人绢”即为人造丝。日语“人权”与“人绢”发音相同。

已在我们这个圈子里颇受欢迎……”

“哇，真受不了！”

“不，这话或许有极高的真实性。听说那丫头是贵族……”

“什么？这么稀奇的事倒是初次耳闻。是眉山仙女亲自布达的神谕吗？”

“那当然！那丫头就因为所谓的贵族身份，闹了个天大的笑话。不知道是谁骗那丫头说，真正的贵妇小解时是不蹲下的，结果那个傻瓜居然依样画葫芦，如厕时简直一片尿海，溅得满地都是，事后还矢口否认是自己弄脏的。这家店和后面那家水果行共享一间厕所，惹得水果行老板大发雷霆，登门向楼下的老板娘抗议，一口咬定是我们这群人喝醉之后的残局，害我们蒙受不白之冤，百口莫辩。可是，我们就算烂醉如泥，也不可能把整间厕所弄得像洪水泛滥一般，越想越奇怪，经过多方探查，最后才查出原来是眉山。那丫头很干脆地向我们坦承就是她，还责怪问题出在厕所盖得不方便使用。”

“所谓的贵族又是怎么回事？”

“大概是时下流行这样往脸上贴金吧？听说眉山的老家是静冈市的望族……”

“望族？那丫头真是花招百出。”

“听说她家大得不得了，可惜在战火中被烧得片瓦不留。说什么和帝都座一般大，令人咋舌。我进一步询问，原来是一所小学。眉山的父亲是那所小学的工友。”

“说到这里，我也想起一件事。那丫头爬楼梯时总是发出很大的噪声，上楼时砰砰砰，下楼时简直像快滚下去似的嗒嗒嗒。最讨厌的就是她嗒嗒嗒奔下楼冲进厕所时啪的一声甩上门的声响了。都是她害我们蒙受了不白之冤。那道楼梯底下有个房间，老板娘的亲戚来东京动牙齿手术时就住在那里。砰砰砰、嗒嗒嗒的震动让那个亲戚的牙疼加剧，忍不住向老板娘抱怨说自己快被二楼那群客人给杀死了。在我们这群伙伴当中，根本没有任何一个人会用那般粗鲁的步伐上下楼，可是老板娘还是找上我，要我转告其他人记得放轻脚步。我觉得很冤枉，于是告诉老板娘一定是眉山，不，是小年那样蹦蹦跳跳的，没想到眉山在一旁听到了，露出骄傲的笑容辩称她从小就被教育上下楼梯时必须一步一步用力踏稳。我听得简直不敢置信，女人为了肤浅的虚荣居然不惜说假话，后来转念一想，如果是学校老师教的，那就算不上说假话了，毕竟小学校舍的楼梯盖得非常坚固呀。”

“越听越惹人讨厌。我们明天就换个聚会基地吧，是时候再另外找个秘密据点了。”

大家一致同意，到处探寻别的酒馆，到头来还是回到了这家若松屋。毕竟这里可以赊账，还是来若松屋聚会比较方便。

第一次是跟着我来到这家店的那位秃头的“林作家”，实际上是西洋画家的桥田先生，后来他经常一个人上门，成了这里的老主顾。其他的还有两三个人，后来也同样成为若松屋的常客。

天气渐渐变得暖和，樱花即将绽放。一天，我和前进座[①]的年轻演员中村国男约在眉山轩商量事情。说穿了是帮他做媒，但是有些细节必须详谈，如果到我家，就得压低嗓门才好商量，不如到眉山轩碰面，就能扯开喉咙尽情畅谈了。中村国男那时已光顾过几次眉山轩了，而眉山误认他是中村武罗夫[②]先生。

---

① 日本的歌舞伎剧团。

② 中村武罗夫（一八八六—一九四九），日本编辑、小说家、评论家。

我踏进店里，没看到“中村武罗夫先生”，但是被当成“林作家”的桥田新一郎先生正坐在三合土地面上的桌旁独酌，止不住笑意。

“刚才那一幕实在太壮观了！眉山一脚踏入味噌堆里。”

“味噌？”

我望向胳膊肘抵在柜台上拄着一侧面颊的老板娘。

老板娘非常不高兴地眉头深锁，无奈地朝我笑着说：

“那孩子急惊风的脾气，真不知道该从何说起哪。顶着一张惨白的脸从外头冲回来，就这么踩到底了。”

“踩上去了吗？”

“是呀，我才刚把今天配给的味噌领回来，像座小山似的盛在漆盒里。也怪我摆的地方不对，但没想到她就这么不偏不倚地一脚扎了进去。这还没完，她把脚从味噌堆里拔出来以后，还马上蹑着脚尖去了厕所。再怎么憋不住，总不至于急成那副德行嘛。厕所满地都是味噌泥脚印，这让客人怎么想呢？……”说到这里，老板娘笑得更大声了。

“厕所里有味噌的印子，确实不妙。”我忍住笑意，接着说道，“不过，幸好那脚印是走向厕所的，如果是从厕所里走出来的脚印，那就无法忍受了。眉山的尿海可是人人皆知，要是她真的从厕所里一路踩出脏脚印，味噌泥也成了如假包换的粪泥了。”

“真不知道那孩子是怎么回事。总之，那些味噌全糟蹋了，刚才吩咐小年拿去扔掉了。”

“全都扔了吗？老板娘，这可事关重大哦。我们经常会在这里吃早饭呢，为求保险起见，还是得问个清楚才行。”

“当然全都扔了！要是还不放心，以后我们小店干脆把味噌汤从菜单里撤掉。”

“那是再好不过。……小年呢？”

“正在井边洗脚。”桥田先生接口道，“总之，那幕景象真是壮烈无比。我亲眼看到了。践踏味噌的眉山。应该可以改编成吉右卫门[①]的拿手好戏。”

“不，这没办法改编成戏码，还得准备味噌当舞台道具，太麻烦了。”

桥田先生那天有事，说完话就离开了。我走上二楼，“中村武罗夫先生”正等着我。

那位践踏味噌的眉山端着酒壶，踩着砰砰砰的脚步声

---

① 这里指日本歌舞伎演员中村吉右卫门。

上楼来了。

“你是不是哪里不舒服啊？别靠过来，太脏了。怎么老是往厕所跑呢？”

“才没有！”眉山开心地笑了，“我呀，小时候人家都说小年看起来白白净净的，像是从来都没进过厕所那种脏地方呢。”

“是啊，听说你是贵族嘛……不过，我老实说，不论什么时候看到你，都像是刚上完厕所出来的模样……”

“哎呀，您真坏！”眉山没有生气，依然笑得很开心。

“你有一回上完厕所没把反折上去的外褂衣摆放下来，就这样端着酒壶送上楼。以文学修辞来说，那叫一目了然。用那种模样帮客人斟酒，太失礼了。”

“您怎么老提那种事嘛！”眉山的表情显然并不在意。

“喂，你太不讲卫生了，居然在客人面前抠脚趾甲里的污垢！我们好歹是这家店的客人哩！”

“咦，可是你们不也是这样抠的吗？每一位的脚趾甲都好干净呀。”

“我们可不是在这里抠的啊！你从实招来，到底有没有上过澡堂？”

“人家有去嘛！”眉山给了个不置可否的回答，旋即换了话题，“我刚才去了书店，买了这本回来哦！您的大名也在上头呢！”说着，她从怀里掏出最新一期的文艺杂志，翻过一页又一页，看来是忙着找出印有我名字的那一页。

“住手！”

我实在受不了了，气得开口怒叱，恨不得痛揍她一顿。

“那种东西不值得看！你根本什么都不懂！没事买那玩意儿做什么，浪费钱！”

“可是，上面有您的大名呀……”

“我倒想问问，难道只要是上面印有我名字的书，你每一本都要买回来吗？办不到吧？”

明知道是强词夺理，但在气头上的我已经顾不得那么多了。那本杂志我也拿到赠书了，而且知道上面刊载着不分青红皂白、胡乱批评我小说的评论。一想到眉山用她那副满不在乎的表情阅读那篇文章……不对，那并非唯一的原因。我完全无法忍受自己的名字和作品，遭到眉山那种人一分一毫的糟蹋。不对，这个理由也不尽然。说不定宣称一读起小说就茶饭不思的那些人，多半都和眉山一般低俗，作者却没发现自己挥汗疾书，连妻儿都跟着受累，奉献的一切竟是为了那样的读者，我的胸口顿时涌上一股连哭都哭不出来的万分懊悔之情。

“反正你快把那本杂志收起来，不收起来我就揍你！”

“对不起嘛。”说着，眉山仍然嬉皮笑脸地补问一句，“不看就没事了吧？”

“你看，会买那种杂志就证明你是个笨蛋！”

“哎，我可不是笨蛋，我是小朋友哦！”

“小朋友？你吗？什么话！”

我再也没法和她说下去，打从心底讨厌她。

几天过后，我由于饮酒过量而忽然生了病，在床上躺了十天左右，好不容易才康复，马上就到新宿找酒喝了。

那是黄昏时分。我刚步出新宿车站，有人拍了我的肩。回头一看，是那位被当成“林作家”的桥田先生带着微醺的笑意站在我面前。

“要去眉山轩吗？”

“是啊，要不要一起去？”我邀了桥田先生同行。

“不了，我刚才去过了。”

“再去一趟也无妨嘛。”

“听说您身体微恙……”

“已经不碍事了。我们走吧。”

“那好吧。”

桥田先生的反应和往常不同，似乎不太愿意和我一同前往。

我们在巷弄间穿梭。我装出随口问问的口吻询问他：

“那个践踏味噌的眉山，还是老样子吗？”

“她不在了。”

“什么？”

“我今天去店里，她不在了。离死期不远了。”

我大为震惊。

“老板娘刚才告诉我，”桥田先生神情严肃地说道，“原来那孩子患了肾结核病。当然，老板娘和小年本人都没有发现，只是因为她如厕小解实在太频繁了，于是老板娘带小年上医院让医生看看，结果才发现是这种病，而且她两边肾脏都坏了，已经来不及动手术，剩下的日子恐怕不多了。老板娘没让小年知道自己的病情，只把她送回静冈老家的父亲身边。”

“这样啊……她还在的时候，是个好女孩哪。”

我叹了口气，不自觉地脱口说出这句话，随即察觉这话似乎带有诅咒之意，不禁狼狈得想捂住自己的嘴巴。

“她还在的时候，是个好女孩哪。”桥田先生感慨万千地复述了我的话，“这年头像她那样好脾气的女孩，实在不多见。她真的尽心尽力地服侍我们。我们喝醉睡在二楼的时候，不管是凌晨两点还是三点醒来下楼，只要喊一声‘小年，拿酒来’，她总是立刻回话‘马上来’，即使夜里寒冷她也从不嫌烦，一骨碌爬出被窝为我们送酒上来。那样的女孩，真的不多见。”

我为了不让盈眶的泪水淌下来，赶紧换个话题：

“话说回来，那个‘践踏味噌的眉山’的称号是您取的吧？”

“我觉得对她很过意不去。据说肾结核病的症状是尿频，难怪她会因为急着上厕所而一脚踏进味噌堆里，还有简直快滚下去似的冲下楼。”

“眉山的那片尿海也是这个原因？”

“那当然！”桥田先生对我语带调侃的问话显得有些生气，“她可不是模仿贵族站着小便，而是想在我们身边多待一会儿，一直拼命忍着不去厕所才会那样！上楼梯时砰砰砰的沉重脚步声，也是因为生病疼痛的缘故。尽管如此，她还是忍着难受，为我们尽心尽力。我们每个人都给她添了不少麻烦哪。”

我站在原地，后悔得要命。

“去别的地方吧。我没办法在那里喝酒了。”

“我赞成。”

就从那一天起，我们换了聚会的基地。

《小说新潮》昭和二十三年

Goodbye

变心（一）

某位文坛大佬辞世了。告别式结束之后，开始下起了雨。一场早春的雨。

两名男子共撑一把伞离开了会场。他们均是基于同行之谊而前去致哀，然而此时却聊起了女人。两人在这悼念的回程上谈论这样的话题，可谓非常不恰当。身穿印有家徽和服、年约五十的高壮男子是文人，另一位较其年轻许多、戴着圆框眼镜、穿着条纹西裤的英俊男子则是编辑。

“听说……”文人说道，“那家伙性喜女色。我看你这副憔悴的模样，差不多也该收心了吧？”

“我最近正打算全部断绝往来。”那个编辑红着脸答道。

这位文人向来言谈低俗又露骨，一直以来，那位英俊的编辑总是对他敬而远之，无奈今天没带伞，不得已只好借躲在文人的蛇眼伞[1]之下，结果受到这番刺耳的指责。

编辑说自己打算全部断绝往来，并不是敷衍之词。

有些事渐渐发生了变化。自从三年前战争结束以来，许多事都变得不一样了。

三十四岁的田岛周二是《方尖碑》杂志的总编辑，说话的口音略带关西腔，几乎不曾提过自己的家世背景。他精明干练，《方尖碑》的编辑身份只是对外的掩饰，其实他真正的工作是黑市交易中介，从中赚取暴利。如同俗话说的，不义之财留不住，传闻他挥霍豪饮，甚至包养将近十个情人。

然而，他并不是单身汉，非但已有妻室，现在的妻子还是续弦。他的第一任妻子罹患肺炎，撒手人寰，身后留下一个智力缺陷的女儿。妻子过世时正值战争期间，他卖了东京的房子，疏散到埼玉县的友人家，结识了现任妻子，经过追求之后结了婚。现任妻子当然是第一次出嫁，娘家务农，相当富裕。

---

① 纸伞，伞面为蛇眼纹路，中央与外缘的颜色为黑、红或深蓝，中间留下白色环状。

战争结束后，他将妻女托付给岳家，只身回到东京，在市郊租下一间公寓作为栖身之处。不过，那地方只用来睡觉，他四处奔波，施展能干的手腕，挣了不少钱。

三年过去，他的心境渐渐有所转变。也许是这个社会起了微妙的变化，抑或是他纵欲过度导致形销骨立，不不不，或者单纯只是由于“上了年纪”罢了……总之，他的思乡之情与日俱增，感叹色即是空，不再视美酒如甘霖，盘算着买下一间小房子，将乡下的妻女接来身边共享天伦之乐。这样的念头越来越频繁地在脑海里闪现。

该是金盆洗手的时候了。往后不再做黑市买卖中介，专心当个杂志编辑。至于那方面……至于那方面，正是眼下的难题。首先，必须妥善地与那些女人分手才行，可是每次一想到这里，精明的他也想不出任何好方法，只能连连叹气。

“打算全部断绝往来……”高壮的文人撇嘴苦笑，“这样做是对的。不过，你到底有几个女人啊？”

变心（二）

田岛一脸哭丧，越想越觉得单靠自己的力量，实在无法善后。假如花钱即可解决，那就好办了，但是那些女人绝不是用钱就能打发得了的。

“现在回头想想，我简直像着了魔似的，居然和那么多女人在一起……”

他突然想把内心的苦衷全都告诉这位亦非善类的中年文人，请教有何对策。

“没想到你居然这么勇敢地说出实情。话说回来，一般而言，多情种子总是特别恪守道德分际，而这一点看在女人眼里更是别具魅力。一个男人若是长得英俊，多金又年轻，再加上品行端正，自然备受青睐。即便你想断绝往来，只怕对方不肯放手吧。”

“就是这样才棘手。”田岛拿出手帕抹脸。

“你该不会在哭吧？”

“我没哭。只是因为下雨天，镜片起雾了……”

“不对，你的声音分明带着哭腔。真是个情感充沛的英俊男子啊。”

田岛做黑市交易中介，根本谈不上仁义道德，但正如这位文人所说的，他虽然风流多情，对女人却是有情有义，那些女人也因此对他掏心掏肺，甘愿和他在一起。

“您可有良策？”

“没有。我看，你还是去外国待个五六年再回来吧。问题是，现下的局势，想出国可不容易。倒不如把那些女人全都找来齐聚一堂，让她们唱一首《骊歌》，不对，应该唱《青青校树》比较好，接着由你为她们逐一颁发毕业证书，然后假装发疯了，脱光全身的衣物冲出门外，裸奔逃跑。如此一来，那些女人肯定会吓得呆若木鸡，从此对你死心。”

文人的建议根本毫无帮助。

“不好意思，我要在这里搭电车，请恕失陪了……”

“哎，急什么，陪我走到下一站吧。此事非同小可，还是一起商量对策为宜。”

文人这天闲得发慌，不肯轻易放走田岛。

“不敢劳驾，我自己想办法……”

“不行不行，你一个人解决不了。该不会打算自尽吧？我很担心。假如一个人寻死的理由是因为蒙受女人的青睐，那可不是悲剧，而是喜剧了……不对，应该叫闹剧，简直是滑天下之大稽，谁都不会寄予同情，我劝你还是放弃轻生的念头。

“唔，我想到一招妙计了！你去找个举世无双的大美人，和盘托出实情，请她冒充妻子，带着她逐一拜访你的情人，一定会发挥极大的效果。那些女人见了她，就会知难而退。如何，要不要试一试？”

所谓病急乱投医。田岛对这个提议不禁有些心动。

行动（一）

田岛决定放手一搏。但又遇上一道难题。

举世无双的大美人。如果要找的是举世无双的大丑妇，大约一站电车的距离之内，就可以轻轻松松发现三十个。问题是，在真实的世界里，真能找得到传说中举世无双的大美人吗？

田岛向来以美男子自居，注重穿着又好面子，每回与姿色平庸的女子同行时，就会谎称腹痛而避走他处，实际上，他现在的那些情人也个个都是美女，只是还称不上是国色天香。

那个雨天，从不是善类的中年文人口中胡诌出来的所谓“妙计”，他一开始也斥为无稽之谈，可是自己实在想不出更好的办法。

姑且一试。说不定他这一生中注定真能巧遇一个举世无双的大美人。他眼镜底下的那双眼睛，开始居心不良地东张西望起来。

他看遍舞厅、咖啡厅，以及专供招妓狎游的酒馆，连一个像样的都没有，放眼望去尽是丑妇。他进入办公室、百货公司、工厂、电影院、脱衣舞厅，根本不可能找得到。他又到女子大学校园低矮的围墙外偷窥，还闯进选美皇后的会场，甚至假借参观名义混入电影新秀的试镜地点，上天入地到处找人，仍然毫无斩获。

怎料猎物竟在他回家的路上出现了。

那时的田岛开始感到绝望，愁容满面地走在黄昏的新宿车站后方黑市买卖的集散地。他已经提不起兴致与那些情人幽会，甚至一想起她们就冷汗直淌，越发坚定分手的决心。

“田岛先生！”

冷不防背后传来一声叫唤，吓得他险些跳了起来。

“呃……您是哪位？”

“哎呀，您贵人多忘事！”

那声音难听得像乌鸦叫。

“我认识您？”

他定睛一瞧，这才发现难怪自己认不出来。

他认识这个女人，她是个黑市商人，严格来说，是个贩卖配给物资的行商。他只和这个女人做过两三次黑市交易，但是她那如同乌鸦一般的嗓音，以及惊人的蛮力，给他留下了深刻的印象。这个女人身材纤瘦，却能轻易背起将近四十公斤的重物。她的上衣又破又旧，还飘出一股鱼腥味，底下套着束口劳动裤和长筒橡胶雨鞋，简直雄雌难辨，像个乞丐似的。讲究衣着的他，每次和这个女人做完生意之后，总是赶紧将手洗干净。

眼前的她却是个令人眼睛一亮的灰姑娘！那袭洋装的样式也十分高雅。她身材苗条，手脚小巧，看起来只有二十三四，不对，二十五六岁的年纪，带着一抹愁容的脸蛋如梨花一般雪白，确实是个高贵的绝世美女，哪里还是那个轻易背起四十公斤重物的行商呢。

美中不足的是她的声音，但只要闭紧嘴巴不开口就没问题了。

这女人可以派得上用场。

行动（二）

俗话说，“人要衣装，佛要金装”，尤其是女人，只要换件衣裳，就跟变了个人似的。说不定女人本来就是妖精。不过，能够像这个女人（她的名字是永井绢子）这样变成截然不同的另一个人，实在相当罕见。

“看样子，你攒了不少钱，这身打扮特别漂亮。”

“哎呀，你这张嘴真甜。”

她的声音实在太难听了。顷刻间，高贵的气质荡然无存。

“有件事想托你帮忙。”

“你这小气鬼，又想讨价还价了……”

“不，我不是要和你谈生意。我已经打算金盆洗手了。你还做老本行？”

“那还用问吗？不做老本行，上哪儿赚钱糊口啊！”

她开口讲的每句话都很粗俗。

“可是，你这身打扮，不像还在那一行呀？”

“我好歹是个女人，偶尔也想穿得漂漂亮亮的去看场电影嘛。”

“今天是去看电影？”

“对，已经看完了。那个叫什么来着，《走步旅记》吗……”

“应该是《徒步旅记》吧。你一个人？”

“哎呀，问那么多做啥。我怎么会跟男人一起去嘛。”

“我早猜到是这样，才会请你帮忙。我们谈一谈，借用你一个小时，不，三十分钟就够了。”

“我能拿到好处？”

“不会让你吃亏。”

两人于是相偕而行。与他们擦肩而过的人，十之八九会回头多看几眼，看的不是田岛，而是绢子。英俊的田岛在气质高贵无比的绢子身旁，显得微不足道。

田岛带着绢子来到一家经常光顾的黑市餐馆。

“这里有什么招牌菜吗？”

“这个嘛，炸猪排应该算得上是招牌菜吧。”

“来一份吧，我肚子饿了。还有其他菜色吗？”

“你说得出来的，这里几乎都有。想吃什么？”

“我想吃这里的拿手菜。除了炸猪排，没别的了吗？”

“这里的炸猪排很大一块哦。”

“小气鬼，问你没用。我去厨房问问。”

蛮力惊人，食量也惊人，这样的女人居然是个大美人。绝不能让她给溜了。

田岛喝着威士忌，望着绢子脸不红气不喘地把食物源源不绝地送进嘴里，心情简直恶劣到了极点。他强抑心里的不满，把想拜托绢子的事情说给她听。绢子只顾吃个不停，一副事不关己的样子，看不出来有没有把他讲的话听进去。

“你会答应吧？”

“你这个笨蛋，太没出息了！”

行动（三）

田岛没有想到对方说话如此尖锐，顿时有些畏缩，但仍然鼓起勇气请托。

“没错，我承认自己没出息，所以才求你帮忙。我现在进退两难。”

“何必那么麻烦，玩腻了就甩掉，不再见面不就得了！”

“我做不出那么绝情的事。她们以后或许会结婚，又或许会有新的情人，我必须让她们彻底断了对我的感情，这是身为男人应该承担的责任。”

“噗！这是哪门子责任？我看呀，你表面上说要分手，其实心里打的主意是还想藕断丝连吧？瞧你一副色眯眯的嘴脸。”

“喂喂喂，你说话再这样不客气，我要翻脸了。讲话得有个分寸，你光知道吃东西。”

“不知道这家店卖不卖甜栗泥？”

“还没吃够？该不会有胃扩张的毛病吧？我劝你还是去找个医生看看才好。你从踏进这里开始已经吃了那么多，别再吃了。”

“你真小气，女人这样的饭量很正常啊。那些千金小姐吃不到两口，就推说饱了吃不下了，其实只是故意装出娇滴滴的模样，讨男人的欢心而已。我啊，再多都吃得下。”

“吃成这样也该够了吧，这家店可不便宜。你平时的饭量难道也这么大？”

“怎么可能！只有别人请客的时候才能大吃特吃。”

“那么只要你肯帮我这个忙，以后想吃多少，都由我埋单。”

“可是，帮你忙，我就不能出门赚钱，太吃亏了。”

“这部分我会另外付钱。按你平常的收入金额，每次都会付钱补偿。”

“我只要跟在你后面走就行了？”

“对，不过你还得遵守两条规矩。首先，在那些女人面前，一句话都不要说，这点一定要牢牢记住。顶多可以笑一笑，点点头和摇摇头，其他动作都别做。另外就是，不要在别人面前吃东西。我们两个单独见面时，随你怎么吃都成，可是在其他人面前，最多只能喝一杯茶。”

“除了请客，你还会给钱吧？你这个小气鬼，可不能说话不算话！”

“尽管放心，我现在是认真的。这事若是没处理妥当，我就身败名裂了。”

“这叫腹水一战吧。”

“腹水？笨蛋，是背水一战啦！”

“咦，是哦？”

绢子一脸不在意。田岛暗自叫苦不迭。话说回来，她真的很美，气质凛然脱俗。

炸猪排、炸鸡肉饼、生鲜鲔鱼切片、生鲜乌贼切片、中华面、烤鳗鱼、什锦火锅、烤牛肉串、鱼片饭团拼盘、虾仁沙拉、草莓牛奶。

吃完了这些，她还想吃甜栗泥？不可能每个女人的饭量都那么大。慢着，莫非真如她所说的……

行动（四）

绢子的公寓位于世田谷。她说上午时段要出门做行商买卖，通常下午两点以后就有空了。田岛与她说定，每星期挑一天双方都方便的日子，打电话约妥见面的地点，两人会合之后再一起去找田岛要分手的情人。

就这样，几天后，两人的第一个行动是去位于日本桥某家百货公司里的美容院。

前年冬天，讲究外貌的田岛偶然到这家美容院烫了头发。那家店有个美发师姓青木，年约三十，在战争中失去了丈夫。田岛当时并未刻意搭讪，而是青木主动追求田岛。她每天从那家百货公司设在筑地的员工宿舍到日本桥的美容院上班，收入勉强够她一个人过活。两人交往后，田岛会给她补贴一些生活费，宿舍里的人都知道他和青木是一对。

虽然两人已公开在一起，但田岛几乎再不曾去日本桥青木工作的美容院。他的考虑是，像自己这样出众的英俊男子如果经常到店里，一定会影响她的工作。

然而这一天，他却在毫无预警之下，带着一个大美人在青木的美容院现身。

“你好。”田岛刻意客套地打了招呼，“今天带内人来光顾，我从疏散地将她接来了。”

这寥寥数语已经达到了田岛的目的。聪慧的青木眉清目秀又肤色白皙，同样颇具姿色，但是和绢子站在一起，简直是天壤之别。

两位美人仅以眼神相互问候。几乎快哭出来的青木面露卑微之色。两人胜负已定。

如前文所述，田岛对女人有情有义，从未欺骗任何一个女人自己是单身，向来在交往之初就坦承自己的妻女在乡下避难。现在，这位妻子终于回到了丈夫身边，而且这位夫人还是如此年轻高贵、富有教养的绝世美女。

即便青木明知自己有几分姿色，此刻能做的也只有忍住眼泪。

“麻烦帮内人换个发型。”田岛乘胜追击，使出致命的一击，“听说放眼整个银座，也找不到手艺比你好的美发师了。”

这倒不是客套话，青木确实是一位技艺精湛的美发师。

绢子在梳妆镜前落座。

青木为绢子围上白色的披巾，松开她盘拢的头发，眼眶中泪水满盈。

绢子一派泰然自若。

田岛则离开了美容院。

行动（五）

就在绢子的发型烫整完毕时，田岛又翩然踏进美容院，将厚达一寸的整沓纸钞轻轻塞进这位美发师洁白的工作外套口袋里，并且怀着近乎祈祷的虔诚心情，在她耳畔轻声道别：

“Goodbye.”

这一声温柔而哀伤，既像安慰又似致歉的话语，连他自己也感到意外。

绢子不发一语，站了起来。青木也同样不作声，帮绢子理了理裙摆。田岛先一步冲出门。

唉，分离真是苦涩。

面无表情的绢子跟了上来。

“没你形容得那么高明嘛。”

“你指什么？”

“烫头发的技术。”

田岛真想朝绢子怒吼一句“混账东西”，可是他们还在百货公司里，只好忍了下来。换作是青木，绝不会像这样嚼舌根。她也从不开口要钱，还常帮自己洗衣服。

“这样就完了？”

“对。”

田岛只觉得心里分外空虚。

“光为这点小事就分手，那个女人真没志气。她长得也算漂亮啊，有那样的姿色根本不必……”

“住口！不准你叫她‘那个女人’！她文静端庄，不像你这样。反正你闭嘴就是了！我只要听到你的乌鸦嗓子就快疯了！”

“哎哟，我这张脏嘴该掌嘴啦！”

天啊，这算什么低俗的双关语！田岛快被气疯了。

田岛十分要面子，每回与女人外出，总会先把钱包交给对方保管，一切开支均由对方付账，摆出一副毫不在乎金额多寡的大气派头。不过到目前为止，还没有任何一个女人在买东西前未征得他的同意。

没想到这位自称脏嘴该掌嘴的女士，竟然理直气壮地擅用他的钱买东西。百货公司里多的是昂贵的上等货，她堂而皇之地接连买下高档商品，更令人意外的是，她挑货的眼光竟然高尚又优雅。

“买够了吧。”

“小气鬼。”

“等一下你不是还要去吃东西？”

“这个嘛，今天就放你一马吧。”

“钱包还我。以后花钱不准超过五千元。”

事到如今，已经顾不得体面了。

“我才没花那么多咧！”

“胡说，分明超过了。待会儿我算一算剩下的钱就知道了，肯定花了一万元以上。上次那顿饭也不便宜。”

“那以后就甭找我帮忙啦！你以为我喜欢跟着你到处兜来转去啊？”

这根本是威胁。

田岛只能叹气。

蛮力（一）

不过，田岛也绝非泛泛之辈。他既然能靠着中介黑市交易，数十万元轻松入袋，可见才干过人。

以他的个性，实在无法秉持宽容的美德忍受绢子的挥霍无度，非得从绢子身上得到等值的回报，他才咽得下这口气。

浑蛋家伙，太嚣张了！一定要好好教训她才行。

分手的行动暂且搁置。目前的首要任务是彻底征服那个家伙，将她调教成进退得体、百依百顺、节制俭朴、胃口不大的女人，接下来再继续原定行动。否则照这样花钱如流水，根本没办法持续行动。

制胜的秘诀在于不要企图征服敌人，而应该对敌人采取怀柔策略。

他的计划是，从电话簿上查到绢子公寓的详细地址，买一瓶威士忌和两包花生登门拜访，肚子饿了就让绢子招待点什么，然后大灌威士忌，借着酒意装醉直接在那里睡下，一晚过后，就可以让绢子成为自己的女人了。最重要的是，这方法相当经济实惠，连上宾馆开房间的费用都可以省下来。

一向自诩任何女人都能手到擒来的田岛，居然想出这般粗鲁、无耻又下流的计谋，显然已经方寸大乱了。或许他真的被绢子的挥霍无度气得失去理智了。尽管他能够克制色欲，可是人类的本性导致他太在乎金钱，一心急着捞回本钱，反而无法如愿以偿。

田岛对绢子满腔恨意，想出这种禽兽不如的卑鄙伎俩，最后给自己招来了一场命在旦夕的大祸。

傍晚时分，田岛到世田谷找到了绢子的公寓。那是一栋两层楼的木造公寓，老旧又阴森。楼梯的尽头就是绢子的房间了。

田岛敲敲门。

"谁啊？"

屋里传出了熟悉的乌鸦嗓音。

一开门，田岛吓得愣在原地。

脏乱不堪。恶臭无比。

唉，这情景太凄凉了。房间约四块半榻席大小，脏黑的榻席泛着油光，表面像波浪一般凹凸不平，甚至连每块榻席的镶边都看不清楚了。屋里堆满了行商的生意用具，诸如石油罐、装苹果的木箱、一升容量的玻璃瓶、裹着不明物件的包袱、像鸟笼的物体、纸屑，等等，满地湿黏滑腻，几乎没有可供落脚的空隙。

“哦，原来是你啊。来这里做啥？”

此时，绢子穿着肮脏破旧的束口劳动裤。这身雄雌难辨的装束，正是田岛几年前见到的那副乞丐模样。

屋内墙上只贴着一张无尽公司[①]的宣传海报，此外再没有其他装饰房间的物品了，连窗帘都没挂。这是二十五六岁女孩的房间吗？只有一颗小电灯泡发出微弱的光线，太凄凉了。

---

① 依照《无尽业法》营运的信贷公司，其金融运作方式类似民间的互助会。

蛮力（二）

“我来你家玩。”田岛吓得连声音都变成和绢子一样的乌鸦嗓音了，“不过，下回再来也无妨。”

“在耍什么花招，对吧？你这人不可能白跑一趟的。”

“不了，我今天先告辞了……”

“干脆一点啦！这样太没有男子气概了。”

问题是，这个房间太触目惊心了。

难道要在这种地方喝那瓶威士忌？唉，早知道就买便宜一点的威士忌了。

“我不是没有男子气概，这叫斯文。你今天未免穿得太邋遢了吧。”田岛皱着眉头说道。

“我今天背的东西有点重，累了，回来后补觉直到被你叫醒。哦，对了，我有好东西给你，进来再说吧？很便宜哦。”

听起来，绢子要和他谈生意。如果是有利可图的门路，房间再脏也不成问题。

田岛脱下鞋子，选了一块稍微干净一点的榻席，没脱外套，就这样盘腿坐下。

“看你平常会喝酒，应该喜欢吃乌鱼子吧？”

“我最爱吃乌鱼子了。你这里有？请我吃吧。”

“开什么玩笑，先付钱再说。”

绢子丝毫不讲情面，将右手掌伸到田岛的鼻尖前。

田岛不耐烦地撇了嘴：

“瞧瞧你，开口闭口就是个‘钱’字，真让人了无生趣。这只手给我缩回去！我才不吃你的乌鱼子，那是给马吃的玩意儿！”

“傻瓜，我会算你便宜一点嘛。很好吃哦，这可是正宗的乌鱼子。别扭扭捏捏了，快给钱。”

她身体左摇右摆的，丝毫没有将手缩回去的意思。

不幸的是，田岛最喜欢吃的食物就是乌鱼子，只要有这个当威士忌的下酒菜，就是最大的享受了。

“好吧，给我来一点。”

田岛悻悻然掏出三张大钞放在绢子的掌心。

“还差四张。”绢子面不改色说道。

田岛倒抽一口凉气。

“混账，你太贪心了！”

“小气鬼，你阔气一点，买下一整块嘛。难道你买柴鱼块[①]的时候，也要店家剁开来卖你半块？太小气了。”

“好，就买一整块！”

被人家说得那么难听，缺乏男子气概的田岛不由得打从心底冒出怒火。

“看清楚了，一张、两张、三张、四张，行了吧？手给我缩回去！我真想见一见什么样的父母能生出你这么不知羞耻的女儿。”

“我也想见一见，然后狠狠揍他们一顿。生下来就扔掉，就算是根葱也会枯死的。”

“哎，我可没兴趣听你的身世。借个杯子，接下来是享受威士忌和乌鱼子的时光。唔，我还带了花生来，这送你了。”

---

① 新鲜的鲣鱼肉经过蒸熟烟熏烤干的工序后，成为干燥的柴鱼块，使用时再刨成薄片，即为常见的柴鱼片。

蛮力（三）

田岛咕嘟咕嘟两口就喝光了一大杯威士忌。他原先的诡计是今天无论如何都要让绢子请客，反倒被迫买下贵得离谱的所谓“正宗”的乌鱼子，而且不到眨眼工夫，绢子已经豪爽地将整块乌鱼子全部切片，堆在一只脏兮兮的海碗里像座小山，还一个劲地撒上味精。

“吃吧。味精算我请你，用不着客气。”

满满一堆乌鱼子根本吃不完，上面还撒了味精，简直是胡来。田岛露出了悲痛的神情。那七张大钞比被蜡烛烧掉更令他心痛不已。太浪费了，一点意义也没有。

眼泪都快掉下来的田岛，勉强从碗底拈起一片没沾到味精的乌鱼子，放入口中。

“你自己做过饭吗？”

他现在连问话都心惊胆战。

“做是会做，只是嫌麻烦懒得做。”

“洗衣服呢？”

“你把我看成啥啦？我在女人中算是爱干净的呢。”

“爱干净？”

瞠目结舌的田岛朝这个散发着恶臭的凄凉房间看了一圈。

“这屋子本来就脏，我怎么打扫也弄不干净。再说我做这行买卖总得囤货，货物只能堆在屋子里。给你瞧瞧我的壁橱吧。”

绢子起身，唰的一声推开了壁橱门片。

田岛顿时瞪大了眼睛。

壁橱里面干干净净，物品井然有序，散放着金色的光芒，甚至飘出浓郁的芬芳。里面摆着衣柜、梳妆台、行李箱，鞋柜上还搁着三双小巧可爱的鞋子。换句话说，这座壁橱称得上是有着乌鸦嗓音的灰姑娘的秘密更衣室。

绢子旋即啪的一声合上壁橱门片，在离田岛稍远的位置坐了下来。她的坐相并不文雅。

“一星期顶多打扮一次就够了。反正我又不是存心去勾引男人，平常穿成这样舒服又方便。”

“可是，那条劳动裤未免太离谱了吧？很不卫生哩。”

“哪里不卫生？”

“很臭。”

“何必扮成一副高尚模样，没用啦。你自己还不是一样成天浑身酒气，难闻死了。”

“这么说，我们是臭味相投了。”

随着酒意渐浓，这个房间凄凉的光景，甚至绢子如乞丐一般的衣装，他都不那么在意了。进门之前的那个邪恶的计划，又重新回到他的心头。

“这就是所谓的欢喜冤家啊。”

他用这种蹩脚的花言巧语，试图讨绢子的欢心。男人遇到这样的场合，纵使是伟大的人物或学者，也不免像个傻子一般，说出这般蹩脚的花言巧语，而且居然意外奏效。

蛮力（四）

“我听到钢琴声了。”

他开始装模作样，眯起眼睛，聆听远处传来的收音机广播。

“你也懂音乐？瞧你长得像个音痴。”

“傻瓜，你居然不知道我对音乐无所不知？只要是名曲，要我听一整天也乐在其中。”

“那，现在电台放的是什么曲子？”

“肖邦。”

这当然是他随口胡诌的。

“是哦？我还以为是《越后舞狮歌》呢。”

两个音乐白痴的对话根本牛头不对马嘴。田岛想进一步酝酿气氛，赶紧换了话题。

“我猜，你以前应该谈过恋爱吧？”

“无聊。我才不像你那样淫荡呢！”

“可以注意一下你的用词吗？真是个粗俗的家伙。”

他忽然感到不悦，举杯灌下几大口威士忌。照这样子看来，大概没希望了。事关自己这风流公子的声誉，绝不能就此鸣金收兵。他不惜使出死缠烂打的招数，也非得成功不可。

“你完全不懂恋爱和淫荡根本是两回事，让我来教教你吧。”

这段话虽是出自他嘴里，那油腔滑调却让他自己都感到恶心。这样不行。虽然时间还有点早，他决定要佯装烂醉，趁势睡在这里。

“啊，我醉了。一定是空着肚子喝酒，才会醉得这么厉害。让我在这儿躺一会儿吧。”

“不行！”

乌鸦叫变成了粗嗓门。

“你少装蒜！我早就看穿你的把戏啦。要想在这里过夜，给我五十万，不，一百万！”

田岛输得非常彻底。

“你何必那么生气呢？我不过是喝醉了，想在这里稍微……”

“不行不行！快回去！”

绢子起身，开门送客。

田岛情急之下，只好使出最下流的手段，趁着起身的时候顺势抱住绢子。

砰的一声，田岛的面颊挨了一拳，顿时发出一声极为诡异的惨叫。田岛这才倏然想起能够轻松背起近四十公斤货物的绢子所拥有的蛮力，不禁寒毛直竖。

“饶了我吧……有贼啊！”

他没来由地陡然大声嚷叫，光着脚就冲向走廊。

绢子镇定下来，关上房门。

片刻过后，门外传来田岛的声音。

“那个，不好意思，我的鞋……还有，可以给我一条绳子之类的东西吗？我的眼镜腿断了。”

在他的风流史上，从未遭受过如此奇耻大辱。他接过绢子给的红布条绑在眼镜上，再挂到双侧耳朵上。

“谢谢！”

他自暴自弃地吼了一句，跑下楼梯，不料中途踩空，再次发出了惨叫声。

冷战（一）

田岛还是非常心疼投资在永井绢子身上的成本。他从来没有做过这么赔本的生意，非得想尽办法善加利用她，捞回本钱，否则岂不成了冤大头。话说回来，一想到她的蛮力、她惊人的食量、她的贪得无厌，实在让他烦恼不已。

天气越来越暖，花儿争奇斗艳，唯有田岛一个人愁容满面。在那个一败涂地的夜晚之后又过了四五天，他换了一副新眼镜，脸颊上的瘀青也消了。他拨了通电话到绢子的公寓，准备诉诸一场思想战。

“喂，我是田岛。上次醉得太厉害了，哈哈哈哈。”

“一个女人家独自过日子，总会遇上千奇百怪的事，我不会放在心上。”

“哎，我后来又从头仔仔细细想了一遍，实在不懂，难道我和那些女人分手，然后买一间小房子，把妻女从乡下接来一家团圆，这样做是违背道德的坏事吗？”

“你说的话我听不太懂。不过，男人只要口袋里的钱一多，好像就会开始盘算那种小家子气的事。”

“这么说，那是坏事喽？”

“应该算还可以吧。这样看来，你攒了不少钱呢？”

“别一开口就谈钱……我是想问你，从道德上，也就是从思想上，对这个问题有什么看法？”

“我一点看法也没有。那是你的事，又不是我的事。”

“话是没错。不过我啊，觉得这是好事。”

“那不就结了？我要挂电话了。我不想浪费时间聊这种无聊的话题。”

“可是这对我来说确实是攸关生死的大问题。我觉得还是应该重视道德才行。救救我，求你救救我，我想做好事。”

“听起来有鬼。你是不是又想借酒装疯做蠢事了？我可不奉陪。”

“别这样调侃我。只要是人，都有行善的本能。”

“我可以挂电话了吧？你没有别的事要说了吧？我从刚

才就很想去小便，快要憋不住啦！”

“请等一下，再稍等一下。一天三千元行不行？”

思想战霎时变成了讨价还价。

“还会另外请我吃饭吗？”

“请客的事请你高抬贵手吧。我这阵子的收入少了很多。”

“没有一[1]就免谈。”

“添到五千元吧，就这样说定了。毕竟这关乎道德问题。”

“我快憋不住了，你让我挂电话吧。”

“五千元，求你了。”

“你真是个傻瓜。”

话筒的那端传来咯咯笑声。看来她答应了。

---

① 意思是伸出一根手指比“一”的动作，通常表示一千元或一万元，这里的意思是一万元。

冷战（二）

既然到了这个地步，就得让绢子的功效发挥到极限，除了付她一天五千元，连一片面包或一杯水也不能请她吃喝。假如不狠下心来压榨个够，可就亏大了。对这种人绝对不能心软，否则会惹祸上身。

虽然挨了绢子一拳，发出诡异的惨叫声，却让田岛心生一计，找到了该如何反过来利用她那股蛮力的方法。

他那些情人之中，有个名叫水原圭子的西洋画家，年纪还不到三十岁，作品并不出色。水原在田园调布的公寓租下两间屋子，一间当成住处，另一间作为画室。两人相识的机缘是水原拿着某位画家的推荐函求见田岛让她做《方尖碑》的插画，即使只是画点小图案她都会全力以赴。田岛看着她满面通红，怯懦恳求的模样，觉得十分可爱，从此开始资助她些微生活费。她性情温和，沉默寡言，还很爱哭，但绝不会有失体面地大哭大闹，总是像个小女孩那样啜泣，让田岛更加怜惜。

这件事情的棘手之处在于一个大麻烦。她有个哥哥，曾在中国东北驻军很长一段时间，从小脾气暴躁，体格相当魁梧。当田岛第一次听圭子提起她哥哥时，心里就觉得不妙。毕竟，远自浮士德的时代以来，举凡情人的哥哥是中士或下士之类的军官，经常会成为风流公子的严重威胁。

她哥哥最近从西伯利亚撤军返乡，听说目前住在圭子家里准备另谋生路。

田岛不愿意和她哥哥打照面，于是打电话到圭子的公寓想约她出来，无奈运气不佳。

“我是圭子的哥哥。”

从接电话的声音听起来是个孔武有力的男人。他果然在家。

“我是杂志社的编辑，想找水原老师谈一谈插画……”

田岛说到最后，声音有些颤抖。

“不行，她感冒了，正在睡觉。暂时没办法接工作了。”

真不走运。看来，没办法把圭子约出门了。

可是，如果因为畏惧她哥哥，迟迟不和圭子明确分手，恐怕不够尊重圭子。况且圭子卧病在床，家里还多住了一个撤军回来的哥哥，手头肯定格外拮据，或许现在正是最好的时机。只要对病人体贴慰问几句，然后悄悄地送上一笔钱，相信她那个军人哥哥总不至于拳脚相向，说不定比圭子更加感激，忙着握手致谢呢。万一他要动手打人……到那时只要躲到力大无比的永井绢子背后，就能逃过一劫了。

这真是百分之百的利用，充分利用。

“你可得听清楚喽？我猜应该不会有事，但是那里有个暴躁的男人，要是他一拳挥过来，麻烦你轻轻挡下来。别担心，那家伙应该是外强中干。”

突然间，他对绢子说话的语气变得非常客气。

（未完）[①]

《朝日评论》昭和二十三年

① 太宰治的遗作，未写完即跳河身亡。